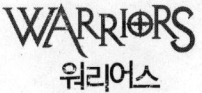

WARRIORS
워리어스

신림 퓨전 판타지 소설
FUSION FANTASTIC STORY

워리어스 1
신림 퓨전 판타지 소설

초판 1쇄 찍은 날 § 2012년 11월 14일
초판 1쇄 펴낸 날 § 2012년 11월 21일

지은이 § 신림
펴낸이 § 서경석

편집부장 § 권태완
편집책임 § 박우진
본문 디자인 § 이혜정

펴낸곳 § 도서출판 청어람
등록번호 § 제1081-1-89호
등록일자 § 1999. 5. 31
어람번호 § 제1-1486호

주소 § 경기도 부천시 원미구 심곡2동 163-2 서경B/D 3F (우) 420-822
전화 § 032-656-4452 팩스 § 032-656-4453
http://www.chungeoram.com
E-mail § chungeorambook@daum.net

ⓒ 신림, 2012

ISBN 978-89-251-3071-2 04810
ISBN 978-89-251-3070-5 (세트)

※ 파본은 구입하신 서점에서 교환하여 드립니다.
※ 저자와 협의하여 인지를 붙이지 않습니다.
※ 이 책은 도서출판 청어람과 저작자의 계약에 의해 출판된 것이므로,
  무단 전재 및 유포·공유를 금합니다.

Contents

Prologue		7
Chapter 1	여기는 어딘가	11
Chapter 2	살아남는다는 것	25
Chapter 3	소환진 아티나	61
Chapter 4	클라니우스	75
Chapter 5	지킬 것을 만들어라	93
Chapter 6	킹 오브 워리어스	115
Chapter 7	어디 실력 좀 볼까?	145
Chapter 8	교활한 너구리	163
Chapter 9	가능성을 보았다	183
Chapter 10	누군가 희생되어야 한다면	221
Chapter 11	어떻게 갚아주련?	251
Chapter 12	운명의 장난인가	275

WARRIORS

Prologue

　제운산 가장 높은 봉우리에는 천하에 그 명성을 드높였던 운하일검 설하문의 무덤이 투박하게 만들어져 있었다. 명성에 비하면 너무도 볼품없는 무덤이었지만 일점혈육인 외동딸 설련마저 실종되고 나니 그의 무덤을 돌봐줄 인물이 없는 것도 이유였다.
　운하일검 설하문이 생을 마감한 지도 어느덧 삼 년.
　높고 험준한 제운산을 찾는 이도 없었지만 운하일검 설하문을 기억하는 사람들도 점차 사라져 갔다.

단 한 사람을 제외하고는.

"그대의 검에 감명받아 장군직까지 그만두고 수련해 이제야 내 도가 완성되었는데 그대와 이 도를 맞댈 수가 없다니……."

설하문의 무덤가에는 긴 머리카락을 휘날리며 설하문의 죽음을 애통해하는 청년이 있었다.

그의 이름은 강철웅.

강철웅은 나라의 녹을 먹는 장군가의 후손으로 어려서부터 숱한 전쟁을 경험하며 실전 도법을 완성해 가고 있었다.

강철웅이 설하문을 만나게 된 것은 하남 지역에서 발생한 민란을 진압하는 과정에서였다.

강철웅의 군대는 무자비하게 백성들을 진압했고, 이를 두고 보지 못한 설하문이 백성들의 편을 들며 관군과 맞서게 된 것이 첫 만남이었다.

처음엔 설하문을 역적이라 여기며 단칼에 목을 베려 했지만 이미 강호에 그 이름이 드높았던 운하일검 설하문이 강철웅의 도에 당할 리 없었다.

강철웅은 설하문과의 대결이 계속될수록 점차 그의 검에 빠져들었고, 나중에는 경외심마저 갖게 되었다.

강철웅은 그 뒤로 장군직에서 물러나 오직 수련에만 몰두했고, 자신만의 도법을 완성했을 때 설하문을 찾았다.

하지만 설하문은 이미 이 세상 사람이 아니었다.

처음엔 설하문이 죽었다는 말을 믿지 못했지만 천하를 이 잡듯 뒤진 후 강철웅은 설하문이 죽었다는 사실을 받아들이게 되었다.

사람들 말로는 하늘에서 벼락이 치고 그 후 설하문은 물론 그의 딸까지 흔적도 없이 사라졌다고 한다.

강철웅은 자신과의 대결을 피하고자 술수를 부리는 것이라 콧방귀를 뀌었지만 대륙 어디에서도 그의 흔적은 찾을 수 없었다.

강철웅은 하는 수 없이 그의 죽음을 인정하고는 이렇게나마 무덤을 만들어준 것이다.

"저 하늘이 진정 원망스럽구나! 대장부가 큰 뜻을 품고 모든 걸 걸었음에도 그 기회를 앗아간 저 하늘이 원망스럽구나! 하늘아! 어찌 하늘 아래 나 홀로 남겨두었느냐?"

강철웅은 설하문을 데려간 하늘을 원망하며 울부짖었다. 강철웅에게 설하문은 삶의 의미였고 전부였다.

부모님의 극렬한 반대에도 불구하고 모든 것을 내려놓았는데 필생의 상대가 벼락에 맞아 죽었다는 건 보는 사람에 따라서는 배꼽을 잡을 수도 있는 일이었다.

하지만 강철웅은 웃을 수 없었다. 설하문과 함께 강철웅의 의지도 꺾여 버린 까닭이다.

우르르르릉!

이때 맑았던 하늘이 순식간에 어두워지며 심상치 않은 모습을 드러냈다.

"오냐! 나도 데려가려느냐? 어서 데려가거라! 설 대협과 다시 이 도를 맞댈 수만 있다면 한 점 후회도 없으리!"

콰콰콰콰쾅!

스파아아앗!

천지가 개벽을 하는 것처럼 우레와도 같은 굉음이 터져 나왔다. 마치 하늘이 울부짖는 것 같았다.

검은 구름 사이를 뚫고 태양보다 눈부신 빛이 강철웅에게로 떨어져 내렸다.

스스스스스.

찰나의 순간, 하늘과 땅이 하나가 된 듯했다. 하지만 언제 그랬냐는 듯 하늘은 맑게 개었다.

설하문이 그랬던 것처럼 강철웅 또한 빛과 함께 사라졌다.

WARRIORS

"이번 물건들은 어때?"

"그럭저럭."

"운반하는 데 상한 건 없고?"

"한 놈은 조각이 났고 한 놈은 백치가 됐으니 그 정도면 양호하지. 나머지 여덟 놈은 싱싱하니까."

제법 화려한 복장의 사내들이 희희낙락거리며 이야기 중이었다. 대화 내용을 들어보면 상인 같지만 이들이 파는 물건은 흔히 생각하는 그런 물건이 아니었다.

"오늘은 운이 좋네. 보통은 반은 상하는데 말이야."

"횡재한 거지. 크크크."

제법 결과에 만족했는지 사내들의 얼굴엔 웃음이 가득했다. 사람의 몸이 조각조각 찢기는 정도는 아무런 인상도 주지 못하는 듯했다.

"크으으윽."

철웅은 머리가 깨지는 듯한 통증을 느끼며 인상을 썼다. 하늘에서 빛이 번쩍이던 것까지는 기억하는데 그 뒤로 아무것도 생각나지 않았다.

"여, 여기가… 어디지?"

철웅은 주위의 낯선 환경에 몸을 일으키려 했다.

"크윽! 힘… 힘이……."

철웅은 다시금 철퍽 누웠다. 온몸에 힘이 하나도 없었다. 그저 머리를 두리번거리는 게 고작이었다.

"이봐, 젊은이. 가만히 있는 게 좋아."

이때 철웅을 향해 나지막한 목소리가 들려왔다.

"노인장은 누구시오?"

철웅은 간신히 노인장 쪽으로 고개를 돌렸다.

"나? 글쎄. 말해도 모를 텐데, 말해주는 게 무슨 의미가 있을까?"

노인장의 표정이 묘하게 구겨졌다.

"여긴 어딥니까?"

"나도 그건 모르네. 확실한 건 자네나 내가 살던 세상은 아니라는 것뿐."

노인장은 의미심장한 이야기를 했다.

"그, 그게 무슨 말입니까? 우리가 살던 세상이 아니라니… 그럼 다른 나라라는 말입니까?"

철웅은 노인장의 말을 이해할 수가 없었다. 자신이 있었던 곳은 제운산의 가장 높은 봉우리. 그곳은 중원 땅이 아니던가. 그런데 어찌 다른 나라에서 눈을 뜨게 된 것인지 알다가도 모를 일이다.

"다른 나라? 그렇지는 않지만 그렇게 생각하는 게 마음이 편하겠구먼. 어차피 돌아갈 수는 없을 테니까."

노인장은 자세한 이야기는 삼갔다. 뭔가 사연이 있어 보였지만 더 이상 말하고 싶지 않은 모양이다.

"대체 무슨 말이오? 안 되겠군. 내가 직접… 크윽!"

철웅은 안 되겠다 싶었는지 직접 주변 상황을 파악하기로 했다. 하지만 역시 팔에 힘이 들어가지 않았다. 머리는 깨질 것 같고 전신 뼈마디며 근육이 뒤틀리는 느낌이었다.

"움직이지 말라니까. 아직 몸이 적응하지 못할 걸세. 사람에 따라서 반나절에서 늦게는 하루까지 꼼짝을 못하는데 자네는 한 시간 만에 정신을 차리고 말까지 하다니 신기하구먼."

노인장은 철웅의 상태가 꽤나 놀라운 듯했다. 노인장의 말대로 지금 의식을 차리고 있는 사람은 오직 철웅과 노인뿐이었다. 이곳에는 노인과 철웅을 빼면 여덟 명이 더 있었는데 모두 깊은 잠에 빠진 것처럼 미동도 하지 않았다.

"혹시 내 몸에 독을……."

철웅은 곧바로 독을 의심했다. 그렇지 않고서는 이렇게 힘을 쓰지 못할 리가 없는 것이다.

"그건 아니네. 아마도 시간이 지나면 몸은 더 건강해졌다는 걸 알게 될 게야. 본래는 나도 지병 때문에 오늘내일 하던 차였는데 여기 오고 보니 말끔히 나았거든. 하지만 나이는 어쩔 수가 없더군. 아마도 놈들이 나를 잘못 데려온 모양이야. 아니면 내가 잘못된 장소에 있었거나. 클클클."

노인장은 씁쓸한 표정으로 말했다. 아마도 과거 어떤 일에 대해서 무척 후회하는 얼굴이었다.

"정말 무슨 말을 하는지 하나도 알아들을 수가 없군요."

철웅은 노인이 하는 말을 도무지 이해할 수가 없었다.

"충고 하나 하지. 쉴 수 있을 때 쉬어두게. 이곳에서 우리 목숨은 그야말로 파리 목숨이니까."

"내가 호락호락 당할 것 같습니까?"

"자신감을 보니 꽤나 강했던 모양이군. 하지만 지금 자네 몸이 과거처럼 움직여 줄까? 이곳에서는 다르다네."

"으음."

철웅은 힘겹게 주변을 둘러보았다. 거대한 체구부터 깡마른 자까지 각양각색의 사람들이 있었다. 그들이 과거에 뭘 했는지는 모른다. 강할지 약할지 아무런 정보도 없다.

아무것도 모른다는 것만큼 위험한 것은 없다. 무엇보다 자신에 대해서 모른다는 게 가장 위험했다.

노인의 말은 틀리지 않았다.

"자네가 살아남으려면 이들 모두를 죽여야 할 걸세."

노인장의 눈빛은 무척이나 차가웠다.

"그, 그게 무슨 말이오? 내가 이들을 왜 죽인단 말이오?"

철웅은 노인장의 이야기에 당황했다. 아무런 원한도 없는 자들을 죽이라니 허무맹랑한 소리다.

"곧 알게 될 것이네. 나야 운이 좋아 지금껏 살아남았지만 아무래도 이번이 마지막일 것 같군."

노인의 눈빛에서 느껴지던 차가움은 어느새 사라졌다. 노인은 과거를 그리워하는 것인지 아련한 눈빛이 되었다.

"노인장은 이곳에 온 지 얼마나 되었소?"

"글쎄, 대략 석 달 정도 된 것 같구먼."

"여기 있는 사람들 모두 말이오?"

"나를 제외한 모두는 자네와 같네. 오늘 도착한 사람들이지."

"그런데 저기 저 사람… 아니… 사람이 아닌 것도 같고……."

철웅은 한쪽 구석에서 자고 있는 사람을 가리켰다. 분명 두 개의 팔과 다리가 달려 있었지만 뭔가 묘하게 달랐다. 보통 사람보다 팔이 훨씬 길고 머리에는 마치 뿔이 난 것처럼 뽈록 튀어나와 있는 것이 사람이라고 보기는 어려웠다.

"여기는 모든 세상의 사람들이 다 모여 있네. 이렇게 생긴 사람도 있고 저렇게 생긴 사람도 있지. 겉모습이 조금 다르다고 해도 사람인 것은 분명하네."

노인장은 이미 익숙한 광경인지 특이하게 생긴 사람에 대해서도 자연스레 받아들였다. 이곳에 있는 석 달 동안 이러한 경험을 많이 한 모양이다.

"대체 이곳은……."

철웅은 노인의 이야기가 계속될수록 더욱 혼란스러웠다. 노인의 말대로 이곳이 중원 땅이 아님은 분명해 보였다. 자신이 알고 있는 상식과 너무도 벗어나 있었기 때문이다.

"곧 알게 될 걸세. 나도 이제는 지치는구먼. 어차피 이곳에서 벗어날 수도 없는 몸이니 그만 쉬고 싶네."

노인은 정말로 지쳐 보였다. 분명 지병도 나았다고 했으니 몸은 건강하겠지만 마음이 지친 듯했다.

"노인장은 어디에서 왔소?"

"히페리온 왕국의 제1군단장 카시아스. 그게 내 이름이네."

철웅의 물음에 노인은 자신을 소개했다. 노인의 신분은 꽤나 대단한 듯했다.

"히페리온 왕국이라니요? 그런 나라는 한 번도……."

하지만 철웅은 전혀 들어보지 못한 나라였다. 자세히 보니 노인의 외모도 중원 사람들과는 많이 달라 보였다. 일단 머리색깔이 밝은 갈색이었고 눈동자 역시 밝은 갈색이 아닌가.

밖에서 보았다면 바로 알아보았겠지만 이곳이 워낙 어두웠기에 눈이 익숙해지고 나서야 서서히 알아보게 된 것이다.

"지금 나와 자네의 말이 같다고 생각하는가?"

"네? 그게 무슨 말입니까? 노인장의 말을 내가 알아듣고 내 말을 노인장이 알아듣고 있는데 그런 걸 묻다니 이상하군요."

노인의 물음에 철웅은 황당한 표정을 지었다. 노인이 자신을 놀리는 게 아닌가 하는 생각마저 들었다.

"이유는 모르겠지만 이곳에 오게 되면 배우지 않아도 저절로 이곳의 언어를 알게 되더군. 우리가 사용하는 언어는 우리가 살던 세상에서는 쓰지 않는 말이라네."

"무슨 말도 안 되는 소립니까?"

노인의 설명에 철웅의 언성이 살짝 높아졌다. 노인은 전혀 상식과 맞지 않는 이야기를 하고 있었다.

"못 믿겠으면 아무 말이나 한번 글로 써보게."

하지만 노인은 태연했다.

"쳇. 제 이름을 써보지요. 어때요?"

철웅은 속는 셈 치고 자신의 이름을 바닥에 써서 보여주었다. 더 이상 노인이 헛소리를 하지 못하도록 하기 위함이었다.

"난 처음 보는 글자군."

하지만 노인의 대답은 전혀 의외였다.

"네? 지금 농담하는 겁니까?"

철웅의 얼굴이 찌푸려졌다.

"내가 써보지. 내 이름을. 어떤가? 읽을 수 있겠나?"

"이, 이게 글자란 말입니까?"

이번에는 노인이 글자를 썼다. 철웅은 태어나서 처음 본 글자였다. 전혀 읽을 수가 없었다.

"그렇다네. 서로 의사소통은 하고 있지만 자신의 머릿속에만 있는 글자를 쓸 때는 이렇게 달라지지. 물론 이곳의 글자도 우리는 알아볼 수 없다네. 우리는 단지 말로만 의사소통을 할 뿐이지."

노인은 어떻게 의사소통을 할 수 있는지에 대해서 자신이 아는 대로 이야기했다.

"그게… 가능합니까?"

철웅은 머릿속이 더욱 복잡해졌다. 노인의 진지한 표정으로 보아 거짓말을 하는 것 같지는 않았다. 또한 노인이 쓴 글자도 대충 아무렇게나 쓴 것 같지 않았다.

분명 어느 나라에서든 글자로 쓰고 있다는 느낌을 받았다. 결국 노인의 말이 맞는 것이다. 하지만 철웅의 상식으로는 이해하기 힘든 일이었다.

"아마도. 내가 그동안 경험한 바로는 우리의 언어가 통하는 게 아니라 우리의 의사가 통하는 것 같으니까. 마법이라는 것이지."

"마법이라니요?"

노인의 말에 철웅은 고개를 갸웃했다. 마법이라는 말은 처음 듣는 것이다. 노인은 삼 개월 동안 꽤나 많은 것을 알아낸 모양이었다.

"우리를 이곳으로 불러들인 힘이지. 자세한 것은 나도 모르네. 다만 수많은 세상에서 우리 같은 사람들을 불러오고 있네. 아마도 오래전부터 지속되어 온 것 같아."

"그런 일이……."

노인의 이야기가 계속될수록 철웅의 표정은 점차 굳어졌다. 이곳은 철웅이 지금까지 알던 곳이 아니었다. 철웅은 마치 망망대해에 홀로 떠 있는 느낌이었다.

촤아아아아!

"으, 차거. 뭐야?"

"꺄아아악!"

이때 맞은편 방에서 비명이 터져 나왔다. 철웅이 있는 곳은 창살로 이루어진 감옥 같은 곳이었는데 창살을 통해서 맞은편의 상황이 그대로 보였다.

그곳에서는 화려한 복장을 하고 있는 자들이 그들을 향해 물을 뿌리는 중이었다.

"지저분한 것들. 때깔이라도 좋게 해야 그나마 팔리지. 뭐 해, 구석구석 뿌리지 않고!"

촤아아아아!

그들은 여기저기 피해 다니는 자들을 향해 쉴 새 없이 물을 뿌렸다. 그 방에는 여자도 있는 모양이었다.

"여기가 어디야? 당장 문 열지 못해?"

"내가 누군지 알아? 너희들, 뭐하는 놈들이야?"

맞은편에 갇혀 있는 자들은 물을 뿌리는 자들을 향해 고래고래 고함을 치며 위협을 했다. 하지만 그들은 아랑곳 않고 구석구석 물을 뿌리며 웃고 있었다.

"저기는 지금 뭘 하는 겁니까?"

"보는 대로네. 씻기는 중이지."

철웅은 너무나 황당한 광경에 물었지만 노인의 대답은 너무도 단순했다.

"씻, 씻기다니요? 저건 마치 짐승들한테 하는 짓과 다름없지 않습니까?"

철웅은 맞은편 방에서 벌어지는 모습이 마치 돼지들을 씻기는 것과 다르지 않아 보였다.

"내가 그 말을 안 했군. 여기서 우리는 짐승이나 다름없네. 아니, 짐승만도 못하다고 하는 게 맞겠지."

노인은 낯설지 않은지 담담하게 받아들이고 있었다.

"으음. 다 씻긴 후에는 어떻게 됩니까? 설마 잡아먹는 건 아니겠지요?"

철웅은 과연 이곳에 있는 사람들의 정체는 무엇인지, 그리고 왜 자신들을 이곳으로 잡아온 것인지 궁금했다.

"잡아먹힐까 봐 겁나는가?"

"말이 그렇다는 거지요."

"걱정 말게. 잡아먹지는 않으니까. 이들도 같은 사람을 먹지는 않는 것 같네. 다행인지 불행인지는 몰라도."

노인의 얼굴이 씁쓸하게 변했다. 석 달 동안 있으면서 얼마나 많은 사람들이 노인을 거쳐 갔겠는가.

노인은 그러한 경험을 통해서 이곳의 사정을 어느 정도는 파악하고 있는 듯했다.

"팔려가는 겁니까?"

"나중에는. 하지만 그전에 거쳐야 하는 과정이 있네."

"거쳐야 하는 과정이라니요?"

"곧 알게 될 걸세, 내가 처음 자네에게 했던 말의 의미를."

노인의 얼굴에서는 아무런 표정의 변화도 찾아볼 수 없었다. 마치 감정이 없는 사람처럼 차갑게 말했다.

WARRIORS

"으윽. 여기가 어디야?"
"내가 왜 여기 있는 거야? 니들 뭐야?"
잠들어 있던 자들이 하나둘 깨어났다. 모두들 이곳이 어디이고 또 자신들이 왜 여기에 있는지 영문을 모르는 듯했다. 철웅이 막 깨어났을 때와 마찬가지의 상황이었다.
"당신들은 어디서 왔소?"
"넌 뭐야?"
철웅은 노인장의 말만으로는 믿기 힘들었기에 깨어난 사람들에게 묻기 시작했다. 하지만 반응은 무척이나 공격적이었다. 모두들 영문을 모르는 상태였으니 당연했다.

"지금 우리가 잡혀온 것 같소. 전혀 다른 세상이라는데 난 솔직히 잘 모르겠소. 당신들은 어디서 왔소? 난 중원에서 왔소."

철웅은 일단 자신의 소개부터 했다. 노인장의 말대로 의사소통에는 문제가 없었다. 그의 말을 듣지 않았다면 언어가 다르다는 것도 몰랐을 것이다.

"중원은 어디야? 난 헤르메스 왕국에서 왔는데?"

"난 갈라스에서 왔소."

"나는 이티피아 사람이오."

너도나도 자신이 살던 곳을 이야기했지만 철웅이 들어본 나라는 하나도 없었다. 노인장의 말이 사실이라는 게 점차 입증되고 있는 셈이다.

"갈라스? 이티피아는 또 뭐야? 그런 나라도 있었던가?"

"헤르메스라는 나라는 들어본 일이 없는 것 같소만."

"다들 전혀 들어보지 못한 나라에서 온 것 같은데 이게 어떻게 된 거요? 생김새도 다들 제각각인 것 같은데."

모두는 서로에 대해서 조금의 정보도 가지고 있지 않았다. 지금의 상황이 더욱 혼란스러울 뿐이었다. 철웅 역시 이들이 말하는 나라에 대해서는 단 한 번도 들어보지 못했다.

"으음. 아무래도 노인장의 말대로인 것 같군요. 저들 역시

제가 알지 못하는 곳에서 온 것 같습니다."

철웅은 노인장의 말을 믿을 수밖에 없었다.

"말하지 않았나? 이곳은 우리가 살던 세상이 아니라고. 나도 석 달 동안 많은 사람들을 만났네. 그리고 이곳에 대해서도 조금은 알게 되었지."

노인장은 천천히 고개를 저었다. 철웅이나 다른 사람들의 반응이 익숙한 탓이다. 이미 이곳에서 지내는 동안 이러한 경험을 반복해 왔기 때문이다.

"대체 이곳은 어디입니까? 왜 우리를 데려온 것입니까?"

"오락거리지."

노인의 표정은 씁쓸하게 변했다.

"오락거리라니요?"

철웅은 무슨 말인지 얼핏 이해할 수가 없었다.

"곧 알게 될 걸세. 자네가 살아남으려면 여기 있는 모두를 죽여야 할 걸세."

노인은 어제 했던 말을 또다시 반복했다. 하지만 철웅에게는 너무도 뜬금없는 이야기였다.

"그런 말도 안 되는 이야기는 하지 마십시오. 내가 왜 이 사람들을 죽입니까?"

"그렇게 될 걸세."

철웅은 강하게 부정했지만 노인은 그 말을 재차 부정했다.

앞으로 일어나게 될 일에 대해서 알고 있는 것 같았다.

"그럼 노인장도 죽이라는 말입니까?"

"자네가 살려면 그래야겠지."

철웅은 황당한 마음에 물어본 것이지만 노인의 대답은 철웅의 예상마저 벗어났다.

"노인장의 말이 사실이라고 칩시다. 그런 비밀을 왜 내게 말해주는 겁니까? 그럼 노인장이 위험해질 텐데요."

철웅은 노인의 이야기가 도무지 믿기지가 않았다. 아니, 전혀 짐작할 수조차 없었다. 정말 목숨이 걸린 비밀이라면 굳이 자신에게 말해줄 이유가 없는 것이다.

"나도 모르겠네. 아마도 인연이겠지. 난 이제 미련이 없네. 진작 포기했어야 하는데 욕심이었어."

노인은 후회 가득한 얼굴로 읊조리듯 말했다. 일견하기에도 무척 괴로워 보였다.

"그게 무슨 말입니까?"

철웅은 노인이 가지고 있는 사연이 궁금해졌다.

"나를 보게. 비록 지병은 없어졌지만 수명은 어쩔 수 없지. 이곳에서 나는 다 늙은 노인일 뿐이네."

"하지만 노인장의 말대로라면 노인장과 같은 감옥에 있던 자들 모두를 죽여서 지금까지 살아남은 게 아닙니까? 노인장은 필시 강할 것입니다. 어쩌면 여기서도 노인장이 또 한 번 살아남을 수도 있겠지요. 아니, 가장 가능성이 높다고 생각합니다."

철웅은 최대한 객관적으로 판단했다. 아무리 노인이라고 해도 처절한 사투 끝에 계속해서 살아남은 것이라면, 그리고 경험마저 풍부하다면 지금 여기서 가장 강한 자는 노인일 것이다.

그런데 이번에는 죽겠다고 말한다. 그건 어떻게 생각하더라도 모순이었다.

"살아남으면? 그다음은?"

"그건… 나도 모릅니다."

노인의 물음에 철웅은 대답할 수가 없었다. 지금 철웅이 아는 건 노인이 말해준 게 전부였기 때문이다.

"아무튼 내 말을 명심하게. 자네가 살아남으려면 모두 죽어야 한다는 것을."

노인은 다시금 철웅에게 당부했다.

"그렇지 않으면 어떻게 됩니까?"

"모두 죽겠지."

"으음. 지금 제 상태를 보니 노인장의 말대로 더 건강해진 건 맞는 것 같습니다. 하지만 마나가 텅 비었군요. 이대로는 제 힘을 사용할 수가 없습니다."

철웅은 자신의 몸 상태를 체크해 보았다. 노인의 말대로

다. 하지만 지금껏 수련해 온 마나가 사라진 이상 고수라고 불릴 수도 없는 처지였다. 이대로라면 살아남기 어려웠다.

"호오, 자네도 마나를 수련했구먼."

"역시 노인장께서도……."

노인은 꽤나 흥미로워했다. 노인의 반응으로 보아 상당한 수련을 해왔음에 틀림없었다. 철웅은 노인이 고수라는 걸 알아챌 수 있었다.

"이곳에서는 마나를 사용할 수가 없네. 이곳에 오면서 자네의 몸은 새롭게 만들어졌다고 볼 수 있지. 아마도 마나를 수련하기 위해서는 처음부터 다시 해야 할 걸세. 저들이 그냥 두지는 않겠지만."

"보시다시피 저들이 어떤 자들인지, 이곳에 오기 전에 얼마나 강한 고수였는지도 알 수가 없습니다. 마나를 사용할 수 없는 지금 제가 저들을 이길 수 있을지 모르겠군요."

철웅은 과연 노인의 말대로 모두를 죽이고 살아남을 수 있을지 자신할 수 없었다. 지금 철웅이 할 수 있는 건 마나를 배제한 순수한 도법과 육체적인 힘뿐이었다.

갇혀 있는 다른 자들에 비해 월등하다고 말할 처지가 아닌 것이다.

"그건 아무도 모르겠지. 다만 자네를 처음 만났으니 자네가 이기기를 바라겠네."

노인은 어떤 이유인지 철웅에게 시종 호의적이었다. 자신의 목숨까지 내어줄 것처럼.

"나는… 노인장이 살아남기를 바라겠습니다."

철웅도 그런 노인에게 어느 정도 경계심이 풀렸는지 기왕한 사람이 살아남는다면 노인이 남기를 바랐다. 느낌으로도 노인을 이기기는 버겁다는 걸 알기 때문이다.

"허허허, 나를 걱정해 주는 사람이 있다는 이 느낌, 정말 오랜만이구먼. 이곳에서의 삼 개월이 내게는 삼십 년 같으이."

노인은 무척이나 밝게 웃었다. 정말 즐거운 듯했다.

"그럼 내 이야기를 좀 해도 괜찮겠나?"

"물론입니다."

"전에도 말했듯이 난 하페리온 왕국의 제1군단장 카시아스라고 하네. 내가 살던 세상은……."

노인은 본래 살던 세상 이야기를 들려주었다. 철웅에게는 별세계 같은 이야기였고 전혀 듣지도 보지도 못한 상상 속에서나 나올 법한 세상이었다.

"그런 세상이 있다니 정말 놀랍군요. 하긴 이런 곳도 있으니."

"내가 자네에게 이런 말을 하는 이유가 있네."

"말씀해 주십시오. 제게 호의를 베푸시는 이유가 무엇입니까?"

철웅은 처음 본 자신에게 왜 이렇게 잘해주는지 노인의 마음이 궁금했다.

"자네는… 왠지 다르더군."

"제가… 다르다니요?"

철웅은 무슨 말인지 몰라 고개를 갸웃했다. 살던 세상은 달라도 겉모습이나 닥친 상황은 같았기 때문이다.

"내가 이곳에 온 지도 석 달이 넘었네. 단 한 번도 자네처럼 빨리 의식을 차린 사람을 보지 못했네. 자네는 이곳에 온지 한 시간도 되지 않아 의식을 차렸네. 더욱이 움직이기까지 하다니. 저들이 눈치채지 않아서 다행이야."

노인은 철웅을 처음 봤을 때를 이야기했다. 보통 차원이동을 하면 하루 정도는 꼬박 의식을 잃는다. 의식을 차려도 한동안은 말은커녕 손가락 하나 움직이지 못하는 게 보통이다.

노인 역시 그랬다. 하지만 철웅의 회복력은 가히 놀라웠다. 그것이 노인의 관심을 끌게 된 것이다.

"그게 특별한 것입니까?"

"차원이동에 대해서 아는가?"

"모릅니다."

"하긴, 자네가 살던 세상에는 마법이 없다고 했지."

노인은 마법에 대해서 모르는 철웅이 다소 아쉬웠다.

"노인장께서 말씀하신 신비한 힘을 말하는군요. 우리를 이곳으로 불러온 힘 말입니다."

"그렇다네. 대부분 차원이동을 하게 되면 새롭게 몸이 조직되지. 말했다시피 앓고 있던 지병도 깨끗하게 사라지고 최상의 상태가 되니까."

"저는 어떤 차이가 있습니까?"

철웅은 노인이 목숨까지 버릴 정도로 관심을 가진 차이에 대해서 알고 싶었다.

"누구나 차원이동을 할 수 있는 건 아니네. 열 명 중 아홉은 몸이 산산이 부서지지."

노인은 차원이동에 대해서 설명해 주었다.

"하지만 이곳엔 대부분 무사히 오지 않았습니까?"

철웅은 노인의 설명에 뭔가 모순이 있다는 것을 발견했다.

"지금 이 방에 있는 자들 때문에 그렇게 생각하는 것 같은데 대부분 죽고 이만큼만 살아남은 거라네. 어떨 때는 전부 죽어서 오기도 하고 한두 명 살아남는 게 고작이지. 내가 듣기로는 한 번에 백 명 이상을 데려오는데 많이 살아남아 봐야 열댓 명 정도지. 이 방에도 열 명이 안 되지 않나?"

"그럼 백여 명 중에 이만큼만 살아남은 거란 말입니까?"

"그렇다네."

노인의 이야기에 철웅은 무척 놀랐다. 그렇게나 많이 죽는다는 건 멀쩡히 살 수 있는 사람이 자신의 의지와는 관계없이

살아남는다는 것 35

죽임을 당했다는 게 아닌가. 철웅은 주변을 둘러보았다.

노인이 말한 열 명 중 한 명에 해당하는 자들이 이곳으로 왔다는 것을 짐작할 수 있었다.

"아주 간혹 마법사들의 말로는 신으로부터 선택받은 존재가 있다고 하네."

"신으로부터 선택받다니요?"

"차원이동을 통해 단지 건강해지는 정도가 아니라 신에 버금가는 육체를 지니게 되는 그런 존재 말이네."

노인은 차원이동과 관련된 비밀에 대해서 말해주었다. 철웅에 대해 관심을 가지게 된 이유였다.

"차원이동을 통해서 말입니까?"

"그렇다네."

"저는 보시다시피 이렇게 약합니다. 건강해지기는 한 것 같지만 그것뿐입니다. 무공도 다 사라졌으니까요."

철웅은 마나조차 사용하지 못하는 현재에 대한 무력감이 팽배했다. 답답하게 느낄수록 더욱 그런 생각은 강해졌다.

"단지 그릇의 이야기라네. 만일 자네가 끝까지 살아남아 자네의 힘을 되찾을 방법이 생긴다면 자네가 상상할 수도 없는 힘을 가지게 될 것이네. 이전에 가졌던 그 힘과는 비교조차 되지 않는."

"그게… 정말입니까?"

철웅의 두 눈이 부릅떠졌다. 마나만 이전처럼 사용할 수 있게 되어도 철웅은 여기 있는 자들에게 복수할 생각이었다. 충분히 자신이 있었다.

그런데 더 강해질 수 있다면, 그러한 상상만으로도 가슴이 불길로 타오르는 것 같았다.

"확실한 건 아니네. 그저 마법사들이 간혹 주고받는 이야기니까. 내 친한 벗이 궁정마법사라네. 그 친구가 종종 말했지. 내가 차원이동을 겪게 된다면 그렇게 될지도 모른다고. 뭐 막상 해보니 나는 그런 존재는 아닌가 보이. 허허. 쿨럭."

노인은 허탈하게 웃었다. 아주 드물게 자신의 그릇을 새롭게 바꾸는 존재, 마법사들 사이에서 전설처럼 전해지는 이야기를 노인은 알고 있었다.

처음엔 믿지 않았지만 철웅을 보고 깨닫게 된 것이다, 과거 궁정마법사였던 벗의 이야기가 사실임을.

"제게 이런 이야기를 해주시는 이유가 있습니까?"

"실은 두 가지 부탁이 있네."

"말씀하십시오."

철웅은 노인이 이런 이야기를 하는 게 마치 작별 인사를 하는 듯한 느낌을 받았다. 생의 마지막을 정리하는 그런 느낌이었다. 이유는 모르겠지만 이곳에서 처음 맺게 된 인연이고 가능하다면 노인을 도와주고 싶었다.

"하나는 공주님을 찾는 거라네."

"공주님이라니요?"

"이곳에 공주님과 함께 불려왔다네."

노인의 눈동자가 흔들렸다. 왜 노인이 그토록 오랜 시간 살아남았는지, 아니, 그러한 의지가 어디서 나왔는지 느껴졌다. 노인 역시 해야 할 일이 남았던 것이다.

"공주님께서 살아남으셨습니까?"

"분명 그럴 것이네. 공주님은 마법사시네."

"하지만 이곳에서는 마나를 사용할 수 없지 않습니까?"

"공주님은 몸 안의 마나를 사용하는 그런 범주가 아니시네. 그분 역시 신의 사랑을 받는 존재. 분명 어딘가에 계시네. 이름은 아르샤 안드레이. 은발이 무척이나 아름다우시지."

노인은 공주에 대해서 설명해 주었다. 얼굴을 모르는 철웅에게 말해줄 수 있는 건 이게 전부였다.

"제가 이곳에서 벗어나게 된다면… 찾아보겠습니다. 두 번째는 무엇입니까?"

철웅은 막연했지만 반드시 노인의 부탁을 들어주고 싶었다. 그것이 노인의 호의에 대한 보답이라고 생각했다.

"공주님을 만나게 되면 내가 있던 왕국과 연락할 수단을 말씀해 주실 것이네."

"그게… 가능합니까?"

철웅의 목소리가 살짝 떨렸다. 전혀 다른 세상이라고 하지 않았던가. 또 다른 세상으로 연결될 수 있다는 건 철웅에게는 하나의 희망이었다.

"난 그렇게 믿고 있네."

"연락하면 어떻게 되는 겁니까?"

"우리의 군대를 소환해 이 짐승 같은 자들에게 복수해 주길 바라네. 수없이 오랜 세월 동안 이들은 수많은 세상에서 사람들을 이곳으로 잡아와 서로를 죽이게 만들었네. 단지 자신들의 흥미와 오락거리를 위해서. 난 절대로 용서할 수 없네."

노인의 목소리가 떨렸다. 그것은 울분이었다.

아마도 이러한 일은 오래전부터 계속되어 온 듯했다. 노인은 억울한 마음을 달래지 못했다. 군단장이나 지낸 노인이 이렇게 싸움판의 투견처럼 죽을 때까지 서로를 죽여야 한다는 게 얼마나 억울하고 괴롭겠는가.

어떤 목적이나 의미도 없고 그저 싸우라니까 싸울 뿐이다. 오직 살아남기 위해서.

"반드시… 도와드리겠습니다. 저 역시 노인장의 말이 사실이라면 이자들을 용서할 수 없습니다."

철웅 역시 노인만큼이나 자신을 잡아온 자들에 대해 분노하고 있었다. 어쩌면 운하일검 역시 이곳 어딘가에 잡혀왔을

지도 몰랐다.

평생을 흠모하던 이를 짐승 취급하는 자들을 어찌 용서할 수 있겠는가. 철웅의 눈빛은 증오로 이글거렸다.

"자네에게 모든 것을 걸겠네. 잊지 말게. 자네는 선택받은 사람이라는 걸. 절대로 저들에게 들켜서는 안 되네. 저들이 무슨 짓을 하든 자네를 속박할 수가 없을 것이네. 힘을 되찾을 때까지 숨죽이게. 그럼 기회가 올 것이니."

"명심하겠습니다."

노인은 간곡하게 당부했다.

촤아아아아!

이때 물줄기가 감옥 안으로 뿌려졌다.

"으, 차거! 뭐야?"

"너희들, 뭐하는 놈들이야? 어서 안 열어?"

"여기서 나가면 다 죽여 버리겠다! 감히 내게 이따위 짓을 하고도 무사할 것 같으냐?"

반응은 건너편 감옥에서와 다르지 않았다. 모두들 흥분해서는 고함을 치기 시작했다.

"킥킥킥. 씻겨주면 반응이 매번 똑같다니까."

"그러게 말이야. 여기 오기 전에는 꽤나 잘나갔나 보지? 저렇게 난리들을 치는 거 보면 말이야."

물을 뿌리는 자들은 이들의 반응이 재밌는지 연신 낄낄거리며 수다를 떨었다.

"어디 안 잘난 놈이 있겠나? 비루먹던 자들도 잘난 체하는 거겠지. 지놈들이 당할 일은 생각지도 못할 테니까."

"낄낄낄, 조금 후면 저놈들 표정이 볼 만하겠는데?"

"크크크, 후딱 씻기고 구경이나 하자고."

"좋지."

촤아아아아!

구석구석 물을 뿜어대며 웃어댔다. 마치 짐승들에게 물을 뿌리며 재밌어하듯이.

"이, 이놈들이 우리를 짐승 취급하다니……."

"오냐. 나가기만 해봐라. 네놈들 목부터 부러뜨려 주마."

모두들 자신들이 어떤 취급을 받고 있는지는 알고 있었다. 감옥 안은 흥분과 분노로 가득했다. 하지만 굳게 닫힌 철문 앞에서 할 수 있는 것은 없었다.

"노인장! 우리도 데려가는 겁니까?"

철웅은 어제 봤던 장면을 떠올렸다. 물을 뿌린 후 목에 무언가를 걸어서 마치 소처럼 끌고 가지 않았던가.

"때가 왔구먼. 정신 바짝 차리고 내 말 명심하게. 일단 그곳에 도착하면 모두가 적이라는 걸 잊으면 안 돼. 조금이라도 망설인다면 자네 목숨이 날아갈 테니까. 알겠나?"

노인의 표정이 다부졌다. 노인은 일전을 각오하는 눈빛이었다. 혹시 철웅이 마음을 놓을까 봐 당부하고 또 당부했다.

"하지만……."

철웅은 어떻게 해야 할지 갈피를 잡지 못했다. 모두가 같은 처지가 아닌가. 그런데 아무런 이유도 원한도 없이 죽여야 한다니 마음이 내키질 않았다.

운하일검을 만나기 전이라면 몰라도 운하일검과의 일전 이후 협의가 무엇인지 알게 된 철웅이었다. 무차별적으로 사람의 목숨을 빼앗는 일 따위를 할 수 없었다.

"자네가 구할 수 있는 건 오직 자네 목숨뿐이네. 자네의 마음이 어떻든 자네가 할 수 있는 건 없으이. 명심하게. 망설이면 유일하게 구할 수 있는 자네 목숨마저 잃게 된다는 걸."

"휴우. 명심하지요."

노인은 그런 철웅에게 다시 한 번 주의를 당부했다. 철웅은 긴 한숨을 내쉬었다. 지금으로선 노인의 말을 따르는 게 최선이었다. 철웅은 그저 망망대해에 떠 있는 기분이었다.

* * *

터벅터벅.

철웅과 감옥에 갇혀 있던 사람들은 인솔자들에게 이끌려

어떤 장소로 이동했다. 그곳은 원형으로 된 넓은 장소였고 높다란 벽이 세워져 있었다. 그 뒤로는 사람이 앉을 수 있는 좌석이 배치되어 있었지만 텅 비었고 단지 수십 명 정도의 인물이 앉아 있었다.

인솔자들은 철웅과 사람들의 목에 걸었던 목걸이를 떼어내고는 들어왔던 문으로 나갔다.

목걸이는 감옥에서 인솔자들이 강제로 목에 걸어놓은 것이고, 처음 인솔자들에게 덤비려고 했던 사람들은 목걸이를 거는 순간 온몸의 힘이 빠져나가 온순해진 것이다.

목걸이는 힘을 쓰지 못하도록 제어하는 능력이 있는 듯했다.

"후우우우."

"그 목걸이는 뭐야? 갑자기 힘이 쭉 빠지더니 이제야 힘이 돌아오는군."

잠시 비틀거리던 사람들은 점차 원기를 회복해 갔다. 목걸이를 몸에서 떼어놓는 순간 곧바로 본래의 힘을 되찾는 듯했다.

"노인장! 여기가 어딥니까?"

철웅은 잔뜩 경계하며 주변을 두리번거렸다.

"저쪽을 보게. 칼이며 창들이 군데군데 놓여 있네."

노인은 원형의 중심을 가리켰다.

"여덟 개군요. 우리는 아홉 명인데 말입니다."

"나는 셈에 넣지 않았나 보구먼."

노인은 씁쓸한 표정을 지었다. 간혹 이런 경우가 있었다. 노인은 이곳을 벗어날 수 없는 운명. 때로는 노인의 존재를 잊는 듯했다.

"으음. 정말로 이곳에서 싸워야 하는 겁니까?"

철웅은 노인의 말이 점차 실감이 났다. 하지만 여전히 내키지는 않았다.

"그렇다네. 곧 저들이 설명할 것이야. 자네는 이미 알고 있으니 남들보다 먼저 자네가 가장 잘 사용할 수 있는 무기를 집어 드는 게 좋을 게야. 꼭 살아남게."

노인은 철웅이 이 싸움을 유리하게 이끌 수 있도록 정보를 주었다. 분명 노인의 말을 따르는 것이 생존 확률이 높았다.

"노인장께서도 살아남으십시오."

철웅은 노인에게도 건투를 빌었다.

"말하지 않았나? 한 명뿐이라고. 나는 더 이상 미련이 없네."

"으음."

하지만 노인의 반응은 그다지 좋지 않았다. 정말로 철웅을 위해 목숨을 버릴 것 같은 모습이다. 철웅은 노인의 말을 믿으면서도 한편으로는 무슨 의도인지 종잡을 수가 없었다.

자신이 노인의 입장이라면 생면부지의 사람을 위해 무작정 목숨을 버리지는 않을 것이기 때문이다.

"모두들 들어라! 저 앞에 놓여 있는 무기를 들고 싸우면 된다. 맨손도 자신이 있다면 관계없다. 무기를 들지 않은 자를 죽여도 상관없다. 마지막까지 살아남는다면 기회가 있을 것이다. 살아남으려면 모두 죽여야 한다. 그것이 유일한 규칙이다."

이때 구경하고 있던 무리 중 하나가 일어나 입을 열었다. 규칙이라고 하지만 규칙은 없다고 봐야 했다. 다 죽이고 살아남으면 승자가 되는 것이다.

"지금 뭐라는 거야? 우리끼리 죽이라는 거야?"

"네놈들은 대체 누구냐? 여긴 어디야? 왜 우릴 데려온 거야?"

"살아남는다면 알게 될 것이다."

모두들 이 황당한 상황에 대해 거칠게 항의했지만 친절한 대답을 해줄 리가 없었다.

"규칙은 없다고 했지? 그럼 먼저 무기를 잡는 쪽이 유리한 거잖아? 에잇!"

이때 한 명이 무기를 잡기 위해 뛰어갔다. 현실 파악이 무척 빠른 듯했다.

터어어엉!

"크으으윽!"

무기를 잡으려고 뛰었던 자는 뭔가에 부딪친 듯 뒤로 나가떨어졌다. 앞에는 아무것도 없었지만 마치 벽에 부딪친 것 같았다. 그곳에는 마법으로 만들어진 투명한 장벽이 세워져 있었던 것이다.

"아직 신호를 하지 않았다. 신호가 떨어지면 그때 시작한다. 무슨 짓을 해도 좋다. 모두 죽이면 끝난다."

"싸워라!"

두우우우웅!

신호가 떨어졌다. 하지만 모두 눈치만 보며 섣불리 무기 쪽으로 접근하지 못했다. 방금 전 뒤로 나가떨어진 장면을 보았기 때문이다. 눈에 보이지 않아도 무언가가 가로막고 있다는 것 정도는 눈치챈 것이다.

"뭐하는가, 얼른 무기를 잡지 않고!"

"아, 예."

노인의 재촉에 철웅이 무기를 향해 뛰었다. 이번에는 투명한 벽이 없는 듯했다. 모두들 무기를 향해 뛰기 시작했다.

다다다다다!

처처처처척!

무기를 잡은 사람들은 그저 멀뚱하니 서로를 노려보며 경계만 하고 있었다. 누가 강한지도 모르거니와 정말 서로를 죽여야 하는 것인지 아직 와 닿지 않은 탓이다.

"이보시오! 무기가 부족하지 않소? 내게도 무기를 주시오! 이건 너무 불공평하지 않소?"

사람은 아홉 명에 무기는 여덟. 한 명은 무기를 가질 수 없었다. 무기를 잡지 못한 자는 규칙을 설명한 자를 향해 소리쳤다.

다다다다!

쉬이이잇!

그 순간 노인이 빠르게 접근해 그대로 목을 베어버렸다. 노인의 검은 피로 물들었다. 아무런 대비도 못한 채 사내의 목이 바닥으로 굴렀다. 순식간에 주변은 피범벅이 되었다. 사내는 말을 잇지 못했다.

"끄으윽! 이, 이 늙은이가……."

털썩.

불평을 토로하던 자는 노인의 일검에 그대로 목숨이 끊어졌다.

"저 미친 늙은이가!"

"무슨 짓이냐? 노망이 났느냐?"

생각지도 못한 광경에 모두는 노인을 향해 눈을 부라렸다. 설마하니 정말로 죽여 버릴 줄은 몰랐던 것이다. 목숨이 왔다 갔다 하는 상황이라는 걸 아직은 실감하지 못한 듯했다.

"노인장!"

철웅도 노인의 급작스러운 행동에 고성을 질렀다. 그렇게나 인자해 보였던 노인이 이런 잔인한 행동을 서슴지 않을 줄은 몰랐던 것이다. 겨룬 것도 아니고 기습을 해서 죽이지 않았는가. 철웅으로서는 받아들이기 힘들었다.

"내가 말하지 않았는가? 저기 모래가 보이는가?"

"보입니다."

노인이 가리키는 곳에는 모래시계가 있었다.

"저 모래가 다 떨어질 때까지 결판이 나지 않으면 우리 모두 죽게 될 것이네."

"그, 그런……"

노인의 이야기에 철웅은 말문이 막혔다. 왜 노인이 비겁한 짓까지도 서슴지 않았는지 이해할 수 있었다. 지금의 싸움은 한 사람의 생존과 더불어 정해진 시간 안에 결판이 나야 했던 것이다.

"미친 늙은이! 무슨 헛소리냐?"

노인의 말에 모두들 당황했다. 하지만 두려운 현실은 받아들이기 싫은 법. 비난은 노인에게로 향했다.

"조용! 한 가지 말해주지 않은 게 있군. 저 모래가 다 떨어진 후에도 두 놈 이상이 살아 있을 경우에는 모조리 죽게 될 것이다. 시간이 많지 않으니 서둘러야 할 것이다. 시작하도록."

 이때 규칙을 말해주었던 자가 다시 일어나 이야기했다. 아무래도 그 말을 빠뜨린 모양이다. 할 말을 다 하고는 태연하게 자리에 앉았다. 누가 죽든 살든 크게 관심 없는 듯했다.
 "뭐, 뭐야? 대체 무슨 말이야?"
 "한 놈만 살아남는다는 말이겠지?"
 부아아앙!
 "허억! 무슨 짓이냐?"
 갑작스러운 공격에 얼른 물러섰다. 다부진 체격에 커다란 근육을 소유한 자가 먼저 공격해 왔다. 살아남을 수 있는 규칙에 대해서 제대로 이해한 듯했다.
 "못 들었냐? 한 놈만 살려준대잖아!"
 "이, 이놈이……."
 "가까이 오는 놈부터 처죽여 주마! 떨어져! 오지 마!"
 이제 모두 규칙에 대해 알게 되었다. 그리고 살아남는 방법에 대해서도. 같은 처지였기에 조금이나마 서로에 대해서 의지하고 있던 이들이 이제는 원수지간이 되었다.
 죽느냐 죽이느냐의 갈림길에 선 것이다. 모두의 눈에 두려움이 가득했다. 또한 생존에 대한 욕구도 공존했다.

 다다다다!

"이 늙은이가! 오, 오지 마!"

부아아아악!

"커헉! 늙은이가……!"

노인의 검이 목줄기를 관통했다. 살이 터지며 피가 뿜어졌다. 노인은 또 한 명의 목숨을 앗아갔다. 이제 남은 사람은 일곱. 노인은 다음 목표를 찾기 위해 눈을 번뜩였다.

쉬이이이잇!

"끄으윽!"

털썩!

그사이 또 한 명의 승자가 나왔다. 이제 남은 자는 여섯. 서로는 일정한 거리를 둔 채 경계했다. 모래시계는 이제 반을 넘어섰다.

"다 죽여 버리겠어!"

"오냐! 다 죽여주마!"

"으아아아!"

잠시간의 정적을 깨고 마치 공포와 광기로 물든 것처럼 분위기는 과열되기 시작했다. 공포는 분노로 바뀌고 이어 증오로 바뀌었다.

부아아앙!

"헛!"

기다란 창이 철웅을 향했다. 철웅은 가까스로 머리를 틀어 창을 피해냈다. 마나를 사용할 수 없기에 마음먹은 대로 움직임이 나오지 않았다.

챙, 채채챙!

창과 도가 불꽃을 튀겼다. 철웅은 최대한 집중하며 공격을 막아냈다. 창을 이기기 위해서는 거리를 좁히는 방법뿐. 철웅은 거리를 좁힐 틈을 찾고 있었다.

휘리리릭!

터어억!

창이 뻗어지는 순간 철웅은 몸을 옆으로 틀며 돌았다. 창이 목덜미를 스치고 지나갔다. 철웅의 도는 어느새 상대의 목을 겨누고 있었다.

"움직이면 벤다!"

"살, 살려주시오!"

철웅은 차마 목을 베지는 못했다.

"내게서 떨어지도록!"

철웅은 도를 거두고는 살려주었다. 단지 살기 위해 아무런 잘못도 없는 상대를 벤다는 것을 받아들일 수 없었다. 그건 장군직을 버리고 운하일검을 상대하기 위해 수련해 온 나날을 헛되이 만드는 것이기 때문이다.

"죽어라!"

살아남는다는 것 51

쉬이이이잇!

철웅이 살려준 자는 철웅이 도를 거두고 물러나자 창을 집어 들고는 철웅의 목덜미를 향해 힘껏 찔러 넣었다.

서걱.

"끄으윽!"

살이 베어지는 소리와 함께 철웅을 공격했던 자가 쓰러졌다.

"노, 노인장!"

철웅은 깜짝 놀랐다. 노인이 도와주지 않았다면 창에 목숨을 잃을 뻔했다. 마나를 사용하지 못하는 지금 그러한 속도의 공격을 피해내는 건 쉽지 않은 일이었다.

"내 말을 잊은 게야? 죽이지 않으면 자네가 죽는다니까!"

노인은 엄한 목소리로 철웅을 나무랐다.

"하지만… 그 말씀은… 결국 노인장까지도……."

철웅은 노인의 말을 받아들일 수 없었다. 두 사람이 아닌 한 사람만이 살아남지 않는가. 결국에는 노인의 목숨까지도 빼앗아야 살아남는 것이다.

"그건 나중의 일이니 일단은 저놈들부터 처리하지. 시간이 없어. 이대로는 우리 모두 죽게 될 게야. 시간이 지났을 때 살려준 일은 단 한 번도 없으니까."

"후우우, 알겠습니다. 선택의 여지가 없군요. 내키지는 않지만 노인장의 말씀에 따르지요."

 노인은 하나의 제안을 했다. 철웅도 받아들일 수밖에 없었다. 이미 네 명이 죽지 않았는가. 남은 사람은 노인을 포함해 다섯. 어차피 여기서 죽고 죽이는 사투를 멈출 수는 없었다.

 그렇다면 차라리 자신에게 호의를 베풀어준 노인을 위해서 싸우자는 결심이었다.

 "두 놈이 작당을 했다. 저놈들부터 처치하자."
 "힘을 합치자고!"

 노인과 철웅이 돕는다는 걸 눈치채자 나머지는 자연히 서로 힘을 모으게 되었다. 이 대 삼의 싸움이다.

 하지만 서로를 완전히 신뢰하지 못하는 자들끼리 힘을 합친다는 건 쉽지 않은 일이었다.

 언제 칼을 맞을지 모르는 상대에게 마음 놓고 뒤를 맡길 수 없기 때문이다.

 셋은 힘을 합치게 되자 오히려 전투력이 떨어졌다. 노인과 철웅을 상대하면서도 서로 경계하느라 한쪽에 집중하지 못한 것이다.

 결국 노인과 철웅은 모두 베어버리고 둘만 남게 되었다.
 "허억허억!"
 "이제 우리 둘만 남았구먼."

 철웅과 노인은 가쁜 숨을 몰아쉬었다. 얼핏 보기에도 노인보다는 철웅이 더 지쳐 보였다. 아직은 차원이동의 부작용에서 완전히 회복되지 않은 탓이다.

"노인장의 검술을 보니 제가 이기기는 힘들 것 같습니다. 저를 베십시오."

철웅은 도를 내리고는 순순히 패배를 인정했다. 철웅은 노인의 검술을 한눈에 알아본 것이다. 이는 최상승의 검술이었다.

"자네의 도가 꽤나 수준이 높은 것 같구먼. 만일 마나를 사용할 수 있었다면 좋은 승부가 되었을 텐데 아쉽구먼."

노인도 철웅의 실력이 상당하다는 걸 알았다. 만일 다른 곳에서 만났더라면 그야말로 명승부가 되었을 것이다. 노인은 그 점이 못내 아쉬웠다.

"그러게 말입니다. 운하일검과의 승부만이 제 평생 목표였는데 마지막 상대가 노인장이어서 여한은 없습니다. 과연 세상은 넓군요."

철웅은 후회하지 않았다. 운하일검과 겨루는 걸 일생의 목표로 삼지 않았던가. 운하일검은 아니어도 그에 버금가는, 아니, 그를 능가하는 상대에게 최후를 맡겼으니 부족함은 없었다.

"이대로 포기할 텐가?"

노인의 눈빛이 깊어졌다.

"노인장의 실력은 운하일검조차 넘어선 것으로 보입니다. 마나를 사용했다고 해도 제가 패했을 것입니다."

철웅은 깨끗하게 노인과의 실력 차를 인정했다. 운하일검과는 비록 패했지만 숱하게 겨루지 않았던가. 노인이 결코 밑이 아니라는 걸 알 수 있었다.

"마지막으로 승부를 겨뤄보세. 그래야 여한이 없겠지."

"좋습니다. 그게 노인장에 대한 도리 같군요. 최선을 다해보겠습니다."

"오게."

노인의 제안에 철웅은 흔쾌히 수락했다. 어차피 최선을 다해도 노인을 이길 수 없다는 걸 알기 때문이다. 그렇다 해도 자신이 그동안 수련해 온 도를 시험해 보고 싶었다.

마지막으로는 그 얼마나 멋들어진 일인가.

노인과 철웅은 자신의 솜씨를 마음껏 펼쳤다. 철웅은 마나를 사용할 수 없었지만 자신이 수련해 온 도를 유감없이 발휘했다. 하지만 노인은 모든 공격을 막아냈다.

역시 철웅보다는 한 수 위였다.

이제 모래시계가 거의 끝나갈 무렵.

둘은 최후의 공격을 준비했다. 철웅은 이번 공격으로 생의 마지막을 장식하게 될 것이다.

슈아아아앙!

후아아아앙!

검과 도가 큰 궤적을 그렸다. 둘은 있는 힘을 각각 검과 도에 실었다.

혼신의 힘이 담겨 있는 공격.

노인의 검이 약간 빨랐다. 철웅은 패배를 예감했다. 처음부터 느꼈던 대로다.

푸우우욱!

"크흑!"

철웅의 도가 노인의 가슴에 깊이 틀어박혔다. 의외의 결과였다. 본래대로라면 노인의 검이 철웅의 가슴에 박혀야 했다.

노인의 가슴이 도에 짓이겨져 살점이 너덜거렸다. 철웅의 도가 살을 헤집고 깊숙이 틀어박힌 것이다. 도 사이로 핏물이 뿜어졌다.

"이, 이런! 왜 검을 거두셨습니까?"

철웅은 당황했다. 어차피 노인의 검이 빨랐기에 도를 거두지 않았다. 자신의 도가 닿기 전에 검에 가슴이 꿰뚫린다는 걸 알았기 때문이다. 하지만 결과는 반대였다.

노인은 마지막 순간에 검을 거두었고, 철웅의 도에 몸을 맡겼다. 철웅은 예상하지 못한 결과였다.

"말하지 않았는가? 난 이제 지쳤다고."

노인은 힘겹게 말했다.

"이렇게 노인장의 목숨을 거두고 살아가라는 겁니까? 노인장의 말대로라면 저도 살고 싶지 않습니다."

철웅은 당장에라도 죽고 싶었다. 이런 식으로 살 생각은 없었기 때문이다.

"이곳이 다가 아니네. 자네는 분명 다른 곳으로 가게 될 거야."

"다른 곳이라니요?"

"이곳은 가장 강한 자를 선별하는 곳일 뿐이네. 나는 보다시피 오늘내일하는 처지가 아닌가?"

노인은 아직은 들려주지 않았던 이곳 세상에 대해서 말해주었다. 그리고 이러한 싸움을 하게 된 이유도.

"하지만 노인장은 이중에서 가장 강하지 않았습니까?"

"저들의 눈에는 아닌 게지. 아마도 이곳을 벗어나게 되면 자네가 상상조차 할 수 없는 강자들이 있을 것이네. 내 생각으로는 분명 그럴 게야. 나 같은 늙은이는 끼기 힘든 곳이지. 그래서 아무도 날 사려 하지 않은 게고."

노인은 자신이 석 달여 동안 이곳에서 지내게 된 이유에 대해서 말해주었다. 노인은 이미 자신의 처지를 알고 있었던 것이다.

"그럼 저기서 구경하는 자들이……."

철웅도 비로소 이곳의 사정에 대해서 짐작할 수 있었다. 또한 구경하고 있는 수십 명의 사람이 무슨 목적으로 앉아 있는지도.

눈앞에서 죽어가는 사람들의 목숨은 아랑곳 않는지 구경하는 자들은 저마다 흥분에 겨워 소란스러웠다. 그들은 죽은 자들에게는 관심이 없다.

그들의 관심은 오직 살아남은 자.

자그만치 삼 개월여를 살아남은 노인을 쓰러뜨린 철웅에게 모두의 관심이 쏠렸다.

"맞네. 저 중에서 누군가가 자네를 사게 될 게야."

"결국 싸움닭 신세밖에 더 되겠습니까?"

철웅은 이를 악물었다. 모두를 죽이고 살아남는 대가가 시장판의 싸움닭이 되기 위함이라는 걸 알게 되자 더욱 분노가 치밀었다.

"워리어스."

"워리어스라니요?"

철웅은 고개를 갸웃했다. 처음 들어본 말이다.

"이곳에서는 우리를 워리어스라고 부르더군. 물론 여기서 살아남아 팔려 나간 자들을 부르는 말이지만."

"워리어스!"

철웅은 워리어스라는 말을 되뇌었다. 모두의 목숨 값으로 삶을 부여받은 존재들. 그리고 죽을 때까지 싸워야만 하는 존재들. 그들을 이곳에서는 워리어스라 불렀다.

"꼭 살아남게. 바깥세상에는 또 무슨 일이 기다리고 있을지 나도 알 수가 없구먼."

노인은 철웅에게 부담을 주지 않기 위해 애써 웃음 지었다.

"저는… 그렇게 살고 싶지 않습니다. 차라리 저들과 싸우다 죽겠습니다."

철웅은 잠시 말을 잇지 못했다. 도저히 노인의 목숨 값으로 살아갈 자신이 없었기 때문이다. 기왕 죽는 것이라면 이렇게 만든 자들을 하나라도 죽이는 게 나았다.

"내 부탁을 잊었는가? 자네는 살아남아야 하네. 반드시 살아남아야 해. 자네만이 이 지긋지긋한 지옥을 끝낼 수 있네."

노인의 눈에서 눈물이 흘러내렸다. 이 지옥 같은 곳에서 노리개로 살아야 했던 것이 너무도 분하고 억울했던 것이다. 노인은 간곡하게 당부했다.

"반드시 공주님은 찾아서 지켜 드리겠습니다. 그리고 노인장의 복수를 해드리겠습니다. 맹세합니다."

철웅은 노인의 손을 움켜쥐며 말했다.

"이제야 눈을 감는군. 자네를 만나서 다행이야."

노인의 눈이 스르르 감겼다. 마지막 순간에나마 노인은 마음의 짐을 내려놓은 것 같았다. 하페리온 왕국의 제1군단장 카시아스의 마지막이었다.

"노인장! 노인장!"

철웅은 이미 생명이 다한 노인의 손을 부여잡은 채 절규했다.

WARRIORS

철컹철컹.

철웅은 목걸이를 한 채 팔다리에는 쇠고랑을 차고 마차에 실렸다. 철웅의 몸 곳곳을 살피던 누군가에게 팔린 것이다. 그곳에는 철웅 외에도 두 명의 사내가 더 있었다.

"당신들도 다른 세상에서 왔소?"

"그렇소."

"난 이곳 사람인데?"

철웅의 물음에 두 명 중 한 명의 사내는 삐딱한 모습으로 대답했다.

"이곳 사람? 어떻게 이곳 사람이……."

철웅은 생각지도 못한 대답에 무척 놀랐다. 그곳에 있던 사람들은 모두 다른 세상에서 강제로 납치되어 왔다고 생각했기 때문이다.

"뭐여? 네놈도 한패라는 말이여?"

옆에 있던 사내가 눈에 불을 켜며 달려들려 했다. 물론 쇠고랑 때문에 싸울 수는 없었지만.

"진정하지? 내가 한패면 이렇게 같이 끌려가겠나?"

사내는 태연했다.

"이 사람 말도 일리가 있으니 진정하시오."

"쳇. 그러드라고."

철웅은 일단 다른 사내를 진정시켰다. 그 역시 철웅처럼 마찬가지 일을 겪었을 것이다. 아무런 이유 없이 살기 위해 함께 있던 자들을 죽였으니 격한 감정은 어쩔 수 없었다.

"여긴 대체 어디요? 우리는 어디로 가는 것이오?"

"어차피 알게 될 것. 모르는 게 맘 편할 텐데?"

철웅의 물음에 사내는 여전히 삐딱한 모습이었다. 적어도 이곳에 대해서는 잘 알아서인지 다른 사람들처럼 불안해하지 않는 듯했다.

"알고 있는 게 있다면 말해주시오. 왜 당신은 이곳 사람인데 우리와 함께 있는지도."

철웅은 다시 한 번 부탁했다. 이곳에서부터는 노인의 정보로도 알 수 없었다. 노인도 그곳을 벗어난 적이 없었기에.

"뭐, 궁금하다면 말해주지. 그전에 어차피 우린 한 배를 탄 몸인데 편하게 지내지? 도착하면 모두가 적일 텐데. 적어도 우리끼리는 서로 의지해야 하잖아?"

"동료라도 되자는 말이오?"

사내는 의외에 제안을 했다. 아마도 도착하는 목적지가 그리 편한 곳은 아닌 듯했다. 이곳 세상의 사람조차도 두려워할 정도로 위험천만한 곳임에는 분명해 보였다.

"동료? 좋지. 지금은 거부감이 들지 몰라도 도착하면 알게 될 테니까. 우리 목숨이 언제 떨어질지 모른다는 걸. 난 샤막이라고 한다."

사내는 자신의 이름을 소개했다. 서로 간에 그리 호감이 가지는 않았지만 필요에 의해 뭉치기로 한 것이다.

"적보다야 동료가 낫겠지. 좋다, 받아들이겠다. 난… 철웅."

철웅도 자신의 소개를 했다. 샤막의 말대로 서로 힘을 합친다면 이 낯선 세상에서 조금은 힘이 될 것 같았다.

"처루웅? 무슨 이름이 그래? 적당한 걸로 바꿔봐."

"부르기 어렵나?"

"당연하지. 그런 이름이라면 어차피 그곳에 도착하면 바뀔

거야. 지들이 부르기 쉬운 이름으로. 기왕이면 지금 바꾸지그래?"

"으음. 그럼 카시아스라고 부르도록. 지금부터 난 카시아스다."

철웅은 잠시 고민하다 대신 죽은 노인의 이름을 떠올렸다. 어차피 노인의 목숨 값으로 이어지는 목숨이 아닌가. 또한 노인의 부탁을 들어줘야만 했다.

철웅은 노인과의 약속을 지키고 또 그의 고마움을 잊지 않기 위해 노인의 이름을 사용하기로 했다.

"카시아스. 좋아."

"자넨?"

"쳇. 난 로베르토여. 미리 말해두는디 난중에 뒤통수라도 쳤다가는 그 대그빡부터 쪼개 버릴 것이여."

샤막에 대해서 좋지 않은 감정이 있었지만 로베르토도 결국 동료가 되기로 했다.

"좋아, 그럼 동료로서 말해주지. 이 엿 같은 세상에 대해서. 듣고 놀라지나 말라고."

샤막은 거들먹거리며 빈정댔다.

"대체 여기는 어디야?"

"여긴 발렌티아 대륙. 우리가 있는 곳은 대제국 탈로스지."

샤막은 이 낯선 세상에 대해서 소개했다.

"발렌티아? 탈로스?"

"발렌티아 대륙에는 수많은 나라가 존재했지만 지금은 오직 탈로스 제국만이 존재해. 탈로스가 모두 정복해 버렸지."

탈로스 제국에 대해서 이야기할 때 샤막의 눈에는 적개심이 가득했다. 어떤 사연이 있는 듯했다.

"으음. 그렇다 치고, 왜 우리를 잡아오는 건가?"

"아티나!"

"아티나?"

"소환진이야. 고대 마법 유물이지."

"역시 마법이군. 그런데 고대 마법 유물이라니?"

노인의 말대로였다. 카시아스는 차원이동에 대해서 확신할 수 있었다. 하지만 샤막의 말은 뭔가 의아한 구석이 있었다. 현재의 마법이 아닌 고대 마법 유물 때문이라면 노인의 말과는 조금 달랐던 것이다.

"과거와 달리 지금은 마법의 맥이 거의 끊겼다고 봐야지. 고대 마법의 대부분은 유실되었어. 다만 마법 유물들이 전해지고 있을 뿐이야. 그중에 가장 저주받은 게 아티나야."

샤막은 고대 마법 소환진 아티나에 대해서 이야기했다. 굉장한 적개심을 드러내면서.

"그럼 그 아티나란 것 때문에 우리가 잡혀온다는 거야?"

"물론. 아티나가 발견됨으로 해서 대륙 전체가 변했으니까."

"난 도무지 모르겠군. 무슨 말인지."

카시아스는 샤막의 이야기를 이해하기 힘들었다. 아티나의 발견과 대륙의 변화가 어떤 연관이 있는지를 모르기 때문이다.

"지금부터 잘 들어. 뭐, 들어봐야 달라질 건 없지만."

"일단 말해봐. 아티나에 대해서."

샤막은 아티나와 관련해 발렌티아 대륙이 어떻게 변해왔는지에 대해서 이야기를 시작했다. 모두 샤막의 이야기에 귀를 기울였다.

아티나가 발견된 것은 5백 년 전으로 당시 발렌티아 대륙에는 수십 개의 나라가 존재하고 있었다.

고대에는 마도제국이 존재했을 만큼 마법이 성행했지만 그 뒤로 마법사들이 몰락하며 마법의 맥이 대부분 끊기게 되었다. 하지만 고대 마도제국의 마법 유물들은 여전히 큰 힘을 발휘했고, 전쟁의 판도마저 바꿀 정도의 영향력을 발휘했다.

그러던 중 탈로스 왕국에서는 아티나가 발견되었다.

탈로스 왕국에서는 아티나를 통해 각 세계에서 사람들을 소환해 왔고, 그들을 통해 더 강한 검술과 지혜, 그리고 각종 고급 무기 제조술을 배우게 되었다.

물론 아티나를 통과하게 되면 열 중 아홉은 죽는다. 뛰어난 인재가 올지 평범한 사람이 올지도 알 수 없다. 하지만 탈로스 왕국에서는 끊임없이 사람들을 소환했다.

그래서 그 세상의 문물을 배우고 새로운 무기며 검술을 익혔던 것이다.

탈로스 왕국은 아티나의 존재를 철저히 비밀로 붙였고, 그렇게 힘을 키워갔다.

궁극에는 그러한 힘을 바탕으로 발렌티아 대륙 전체를 손아귀에 넣었고, 지금 대륙에는 오직 탈로스 제국만이 존재하게 되었다.

아티나를 발견한 지 딱 백 년째 되는 해에 이룬 결과였다.

다른 나라들이 접하지 못한 다른 세상의 인재와 기술은 탈로스 제국을 강하게 만들어주었고, 결국 통일제국으로 만들었지만 문제는 그때부터 발생하기 시작했다.

거대한 땅덩어리를 지배한다는 건 결코 쉬운 일이 아니었다.

언제든 폭동이나 반란이 일어날 수 있었고, 대륙 전역을 감시하고 관리하기에는 불가능한 일이었다.

시민들의 욕심은 끝이 없었고, 지배 계층에 대한 불만 역시 나날이 늘어만 갔다.

이대로는 통일제국을 유지한다는 것이 불가능할 만큼 제국 전역에는 욕구 불만이 팽배했다.

더 이상 전쟁을 치를 적도 없었고 정복할 땅도 없었다. 지루함은 집권층에 대한 불만으로 이어지는 것이 당연했다.

집권층에서는 뭔가 시민들의 관심을 다른 데로 돌릴 만한 게 필요했고, 그들에게 끊임없는 자극을 줄 필요가 있었다.

결국 나오게 된 방법은 이번에도 아티나였다.

아티나가 탈로스 제국을 만들어주었듯이 아티나를 통해 불만을 해결하려 한 것이다.

탈로스 제국의 집권층은 아티나를 통해 다른 세상의 강자들을 소환해 대결을 시켰고, 그 결과 시민들은 열렬한 환호를 보냈다. 살이 베이고 피가 튀는 잔인한 광경은 그들을 흥분시켰고, 집권층에 대한 불만은 쏙 들어갔다.

탈로스 제국은 4백여 년간 그러한 결투를 통해 시민들의 마음을 지배해 왔다.

시민들은 더 잔인하고 자극적인 걸 원했고, 그럴수록 아티나를 통해 더 강한 자를 더욱 빈번하게 소환해야 했다.

또한 집권층에 불만을 표출하거나 강력범죄를 저지른 죄수들 역시 그들과 함께 싸우도록 했는데 이들 모두를 워리어스라 불렀다.

워리어스는 피를 흘리고 목숨을 바쳐 가며 탈로스 제국을 지탱해 주는 역할을 하는 셈이었다.

"결국 우리는 노리개라는 말이군."

카시아스는 자신들의 처지를 정확히 이해했다. 집권층의 욕심을 충족시키기 위해 아무런 의미도 목적도 없이 피를 흘리는 것이다.

"바로 그거야. 간혹 워리어스들을 흠모하는 모자란 놈들도 있지만 결국은 다 쇼지. 죽을 때까지 싸우다 가는 거야. 명예? 명예는 개뿔, 개나 줘버리라지."

샤막은 워리어스에 대해서 무척이나 부정적이었다. 자신 역시 이제는 워리어스가 되기 위해 가고 있지만 그 실상을 잘 알기 때문이다.

"그럼 모든 사람이 시민인가?"

"아니. 본래 탈로스 백성들과 정복당한 왕국들의 귀족, 그리고 부유한 자들 소수가 시민이 되었지."

"그럼 나머지는?"

"뭐긴, 평민들과 노예지."

샤막은 시민 계층에 대해서 말해주었다. 탈로스 제국은 대륙을 정복해 통일제국을 세웠다기보다는 대륙의 나라들을 노예로 만들었다고 보는 것이 더 정확했다.

평민은 노예는 아니지만 가진 기반이 워낙 없어 언제든 노예로 전락할 수 있는 계층이었다.

"그렇군. 그럼 집권층은 어떻지?"

"집권층은 일단 군부가 있고 또 행정가들이 있지. 대륙은 대부분의 노예와 어느 정도의 시민, 그리고 소수의 행정가와 군부 세력들로 이루어져 있다고 보면 돼. 뭐 시민권이야 돈만 있으면 살 수 있지만."

카시아스는 탈로스 제국의 세력 구도에 대해서 대략적으로 이해할 수 있었다. 과거 군부에 있었던 경험이 많은 도움이 된 것이다. 세상은 달라도 그 본질이 바뀌지는 않는 것이다.

"그럼 자넨 왜 이곳에 온 건가?"

"잡놈을 좀 손봐줬거든."

"건드리지 말아야 할 자를 건드렸군."

"그런 셈이지."

샤막은 씁쓸한 표정을 지었다. 권력을 가진 누군가에게 밉보였음에 틀림없었다..

"자네와 같은 사람들도 많나?"

"비율은 비슷할 거야."

"그럼 우리가 가는 곳은 어떤 곳이야?"

"지옥문이라고 할까? 훗."

카시아스의 물음에 샤막은 피식 웃었다. 여유로움이 아닌 자조적인 웃음이었다.

WARRIORS

히히히힝!

마차는 반나절 거리를 달려 멈췄다. 밖이 소란스러운 것이 아마도 목적지에 도착한 듯했다.

"이제 도착한 모양이야. 아까도 말했지만 그냥 시키는 대로 숨 죽이는 게 좋아. 자존심? 여기선 그런 것 없어. 뭐, 당장 죽고 싶다면야 알아서들 하고."

샤막은 주의 사항에 대해서 간단하게 말했다. 직접 경험하지는 않았어도 발렌티아 대륙의 사람인 만큼 워리어스가 어떤 식의 대우를 받는지는 알고 있었기 때문이다.

철컹.

"모두 나와!"

마차 문이 열리자 무장한 병사들이 이들을 끌어내렸다. 카시아스가 도착한 곳은 커다란 저택이었고, 모래로 된 널따란 훈련장 한복판이었다.

훈련장 끝에는 훈련장을 한눈에 바라볼 수 있는 테라스가 3층에 있었고, 거기에는 카시아스를 사온 사내가 서 있었다. 그의 이름은 샤갈. 워리어스를 양성하는 클라니우스 가문의 가주였다.

"워리어스들을 집합시키도록! 신참들이 왔으니 인사는 시켜야지."

"예, 가주님. 이놈들을 저쪽으로 데려가라!"

철컹철컹!

샤갈의 명령이 떨어지자 그의 친위대는 카시아스와 일행을 훈련장 한쪽으로 이동시켰다. 그곳에는 친위대와는 다른 복장의 사내들이 무리지어 있었는데 한눈에 봐도 강한 느낌을 물씬 풍겼다.

그들은 클라니우스 가문에서 키운 워리어스들이었다.

삐이이이익!

"어이, 이쁜이들! 뭘 그리 쫄았어?"

"이뻐해 줄 테니까 이쪽 좀 봐!"

워리어스들은 카시아스와 일행을 향해 야유를 퍼부으며 기선 제압을 했다. 낯선 환경에서 한눈에도 우락부락해 보이는 사내들이 노골적으로 시비를 건다면 누구라도 위축되게 마련이다.

카시아스와 일행은 그들과 눈을 마주치는 것을 피하며 애써 외면했다.

"모두 주목! 가주님의 말씀이 계실 것이다."

워리어스들과는 다소 다른 복장의 사내가 목소리를 높였다. 그는 워리어스의 훈련교관인 벨포스였다. 그 역시 워리어스 출신이었지만 지금은 현역을 은퇴하고 워리어스들을 훈련하는 데에만 전념하고 있었다.

"오늘 우리 클라니우스 가문의 이름을 높여줄 세 명의 신참이 들어왔다. 지금껏 그래 왔지만 나는 신참들에 대한 기대가 크다. 너희들이 명예를 안다면 올라서라! 명예는 쟁취하는 것이다! 나는 명예로운 남자를 존중한다!"

가주 샤갈은 워리어스들에게 카시아스 일행을 소개하며 워리어스에게 가장 중요한 덕목에 대해서 이야기했다.

"클라니우스 가문의 워리어스들이여! 가문의 이름을 드높일 자신이 있느냐?"

"아우! 아우! 아우!"

샤갈의 외침에 워리어스들은 일제히 한목소리로 함성을

내질렀다. 마치 잘 훈련된 정예병의 모습을 보는 듯했고, 기압만으로도 그들의 결속력이 대단하다는 느낌을 주었다.

"네놈의 이름은?"

"샤막입니다."

샤갈의 물음에 샤막은 지체없이 대답했다. 그의 성격상 한번쯤은 비아냥댈 법도 한데 샤막은 일절 그런 모습을 보이지 않았다. 마차에서의 샤막과는 전혀 다른 모습이었다.

"네놈이 로비우스의 팔을 자른 놈이군. 본래는 처형당하는 게 마땅하지만 기회를 주기로 했다. 이곳에서 워리어스의 칭호를 얻을 수 있도록 노력하라! 또한 클라니우스 가문에 충성하도록!"

샤갈은 샤막의 과거에 대해서 꽤나 자세히 알고 있었다. 샤막의 능력이 마음에 들지 않았다면 샤막은 이곳에 올 기회조차 주어지지 않았을 것이다.

"반드시 워리어스의 칭호를 얻겠습니다. 클라니우스 가문에 충성을 맹세합니다."

샤막은 기사의 예를 갖추며 서약을 했다. 그의 태도로 보아 기사 출신이라는 걸 알 수 있었다.

"좋군. 네놈의 이름은?"

"로베르토여."

샤막과 달리 로베르토의 얼굴에는 불만이 가득했다. 그도 그럴 것이, 난데없이 이곳으로 납치되어 처음 보는 자들을 모두 죽이고 살아남은 게 하루 전이다.

처음 소환된 자들이 공통적으로 느끼는 감정은 두려움과 적대감. 왜 자신들이 충성을 맹세해야 하는지 그 이유조차 모르기 때문이다.

퍼어어억!

"크윽."

친위대의 거친 발길질에 로베르토의 무릎이 꿇렸다.

채애애앵.

"한 번만 무례하게 주둥이를 놀리면 바로 목을 칠 것이다. 공손하게 다시 답해라."

친위대 하나가 검을 뽑아 들고 로베르토에게 겨누었다.

"로베르토라니께. 제 말투가 본래 이러니 이해해 주십쇼. 아무튼 충성도 맹세할 것이고 워리어스인가 뭔가 하는 칭호도 얻으면 되는 것 아니겠소? 잘하겠습니다요."

로베르토는 최대한 정중하게 말하기 위해 노력했지만 그의 말투는 마법으로도 안 되는 것인지 듣는 이에게는 무척이나 반항적이고 거칠게 느껴졌다.

"이놈이 그래도?"

"푸하하하! 되었다. 뜻은 전달되었으니 그걸로 족하다. 지켜볼 테니 분발하도록."

"알겠습니다요."

친위대가 다시 한 번 발길질을 하려 했지만 샤갈이 제지했다. 어차피 워리어스들은 거친 자들이었고, 그러한 거친 성격은 장차 워리어스가 되는 데에 이로웠기 때문이다.

반항하지만 않는다면 그러한 말투 따위는 아무런 문제가 되지 않는 것이다.

"네놈은?"

"카시아스!"

퍼어억!

"크으윽."

카시아스 역시 로베르토와 다르지 않았다. 말투는 문제가 아니었지만 카시아스는 누구보다 자존심이 강한 인물이 아닌가. 아무런 연고도 없고 충성해야 할 이유가 없는 자에게 굽히는 것은 쉽지 않은 일이었다.

"다시 답해라!"

"카시아스입니다."

카시아스는 입술을 깨물며 한발 물러섰다. 샤막의 조언대로 여기서 참지 않으면 그저 개죽음밖에 없다는 걸 알기 때문이다. 카시아스는 반드시 살아야 할 이유가 있지 않은가.

"네놈은 다른 놈들에 비해 체구가 작구나. 하지만 제법 기술이 있는 것 같아 사오기는 했다만 과연 여기서도 먹힐지는 두고 봐야겠지. 지켜볼 것이다. 낙오하지 말도록."

샤갈은 로베르토나 샤막에 비해 카시아스에 대해서는 크게 기대를 하지 않는 듯했다. 생존 경쟁에서도 소극적으로 임했고 힘을 중시하는 워리어스들의 관점에서 보면 불리한 조건이었기 때문이다.

퍼어억!

"어서 대답하지 못할까?"

"알겠습니다."

카시아스는 끓어오르는 분노를 애써 억눌렀다. 노인의 목숨 값으로 연명하고 있기에 최소한 그의 부탁만큼은 들어주고 죽어야 한다는 일종의 의무감이었다.

"오늘은 신고식에 앞서 우리 클라니우스 가문의 명예에 먹칠을 한 자에 대한 처벌을 내리겠다. 끌고 오도록."

"살, 살려주십시오."

샤갈 가주의 명령에 한쪽에서 처참하게 망가진 사내가 질질 끌려왔다. 그의 두 눈은 제대로 떠지지도 않았고 얼굴이며 온몸에는 채찍 자국과 칼자국이 즐비했다.

살점이 떨어지고 갈라져 피가 뭉친 채 굳어 있었고, 팔과 다리에는 뼈가 드러날 만큼 깊은 상처들이 나 있었다.

저 상태에서 살아 있다는 게 놀라울 정도였다.

"이놈은 명예로운 콜로세움에서 수많은 시민의 환호를 뒤로하고 목숨을 구걸했다. 검조차 맞대보지 못하고 뒷걸음질이라니 내 지금껏 수많은 워리어스를 콜로세움에 세웠지만 이렇게 수치스러운 놈은 단연코 처음이다."

샤갈 가주는 무척이나 화가 난 듯했다. 그도 그럴 것이, 싸우다 패한 것도 아니고 상대에게 겁을 집어먹고 도망치려 했으니 이는 클라니우스 가문의 이름에 똥칠을 한 것이나 다름없었다.

그 일로 샤갈 가주는 한껏 비웃음을 샀고, 다음 경기의 출전권을 잃게 되었다. 한동안 비잔티움 거리에서는 클라니우스 가문에 대한 조롱이 끊이지 않을 것이다.

"제발… 살려주십시오. 저는 반드시 살아야 합니다. 저를 기다리는 처자식이 있습니다."

사내는 간절하게 애원했다.

"어리석은 놈. 다시는 돌아갈 수 없다는 걸 정녕 모르겠느냐?"

"싸웠어도 제가 이길 수 없는 상대였습니다. 제발 자비를……."

샤갈 가주는 한심한 표정으로 되물었다. 아마도 사내 역시 소환된 인물인 듯했다. 사내가 도망친 이유는 싸운다면 반드시 죽는다는 걸 알기 때문이다.

지금껏 요행히 살아남았지만 이곳에서 죽을 수는 없는 것이다. 사내는 어떻게든 원래의 세상으로 돌아가는 게 소망이었다. 아직도 그를 기다리고 있을 아내와 자식들을 생각하면 비록 개돼지 취급을 받더라도 살아남아야만 하는 것이다.

"명예를 저버린 워리어스는 더 이상 숨 쉴 가치가 없다는 걸 가르쳐 주도록!"

샤갈의 손이 위에서 아래로 내리그어졌다.

"으으으, 제, 제발……."

사내는 잔뜩 겁에 질려서는 부들부들 떨었다.

푸우우욱!

"끄아아아악!"

갈퀴처럼 날이 뻗어 있는 검이 허벅지를 파고들자 비명이 터져 나왔다.

후비적후비적.

검은 허벅지 깊숙이 박힌 상태에서 좌우로 돌려졌다. 살이 찢어지는 끔찍한 소리와 함께 뼈가 갈리는 둔탁한 소리가 이어졌다.

푸우우욱!

"끄으으윽!"

이번에는 또 다른 검이 배를 헤집고 들어갔다. 사내는 온몸을 부들부들 떨며 고통스러워했지만 더 이상 비명조차 크게 나오지 않았다.

"잘 보거라. 워리어스는 어떤 순간에서도 물러서지 않아야 한다. 너희들은 우리 클라니우스 가문의 명예를 대표한다는 걸 잊지 말라. 끝을 내도록."

부아아앙!

서걱.

뒤에 서 있던 병사가 그대로 사내의 목을 내려쳤다.

데구르르르르.

사내의 목이 모래바닥을 굴렀다. 두 눈을 부릅뜬 것이 무척이나 한이 맺힌 듯 보였다.

사내는 마지막 순간 아내와 자식들의 모습을 떠올렸다.

"이제 신고식을 거행하라!"

"신참들은 이쪽으로 서라!"

샤갈의 명령에 친위대는 워리어스들을 한쪽에 세우고 신참들을 반대쪽으로 이동시켰다.

"사슬을 풀어주거라!"

철컹.

사슬과 목걸이가 풀리자 순간적으로 어지럼증이 느껴졌지만 이내 본래의 컨디션으로 되돌아왔다.

"너희들은 워리어스들이 만들어놓은 길을 지나쳐 도달해야 한다. 만일 중간에 포기한다면 여기 이놈처럼 될 것이다.

시작하라!"

샤갈의 명령이 떨어졌다. 워리어스들은 양쪽으로 늘어서 하나의 통로를 만들었다. 그 사이를 지나가 반대편까지 도달하는 것이 신고식인 듯했다.

"살고 싶다면 포기하지 마라."

훈련교관 벨포스는 신참들을 향해 나지막한 목소리로 충고했다.

찰싹!

"가라!"

채찍이 허공을 때리며 요란한 소리를 냈다.

저벅저벅.

카시아스와 일행은 잔뜩 경계한 채 걸음을 내디뎠다. 워리어스들의 눈빛은 마치 먹이를 노려보는 늑대의 눈빛과도 같았다.

퍼어억!

"크으윽!"

쿠당탕탕!

샤막이 발길질에 채여 저만치 나가떨어졌다. 보통 사람이었다면 그것만으로도 큰 부상을 당할 만큼 강력한 일격이었다. 샤막은 비틀거리며 일어났다.

"뭐, 뭐하는 짓들이여? 다 같은 처지에! 썅!"

로베르토가 성난 얼굴로 워리어스들을 향해 고함쳤다.
"낄낄낄, 성깔을 부려보겠다?"
쉬이이익!
쩌어어억!
"커허헉!"
엄청난 속도였다. 바람 소리가 귓가를 스쳤다. 로베르토는 한순간에 가슴과 옆구리를 망치로 얻어맞은 듯했다. 거구의 로베르토였지만 너무나도 쉽게 무너져 내렸다.
부아아앙!
퍼어어억.!
"끄으윽!"
퍽! 퍼퍼퍽!
로베르토에게 사정없이 주먹이며 발길질이 쏟아졌다. 한 방 한 방이 치명적일 만큼 강한 공격이었다. 하지만 모두 급소는 피하는 것이 죽일 마음은 없는 듯했다.
로베르토는 몸을 웅크린 채 쏟아지는 매질을 견뎌야 했다. 막을 수도 없었다. 이미 워리어스들과는 수준 차이가 확연했다. 로베르토가 과거에 어떠했을지는 몰라도 지금 상태로는 상대가 되지 않았다.
"그만들 하시오!"
카시아스가 로베르토의 앞을 막아섰다.

"그럼 네놈이 대신 맞던가?"

부아아앙!

퍼어어억!

"크헉!"

이번에는 카시아스의 가슴에 주먹이 파고들었다. 카시아스는 순간 숨이 턱 막히며 머릿속이 아득해졌다. 이런 충격은 정말 오랜만에 느끼는 것이었다.

짜아아아악!

"쿨럭!"

눈에 보이지도 않는 속도로 뺨이 돌아갔다. 볼이 떨어져 나가는 것 같았고 이빨이 왕창 뽑히는 느낌이었다. 그렇게 수많은 싸움을 했지만 이렇게 뼛속까지 울리는 고통이 얼마만인가.

아무리 마나를 사용하지 못한다고 해도 이 정도의 고통을 느끼지는 않는다. 워리어스들은 상대에게 고통을 주는 방법을 알고 있었고, 또한 카시아스가 생각하는 것 이상으로 강한 자들이라는 걸 알 수 있었다.

퍼퍽! 퍼퍼퍽!

이번에는 카시아스까지 몰아서는 매질이 계속되었다.

"쌍! 죽이든 살리든 마음대로 해라!"

샤막도 더는 못 참겠는지 카시아스와 로베르토를 덮치며

몸으로 막아섰다.

 퍼퍽! 퍼퍽!

 한동안 셋을 향한 매질이 계속되었다. 그들의 매질에는 자비가 없었다. 다만 급소만 피할 뿐이다. 재미있는지 얼굴에는 웃음이 가득했다. 마치 어린아이가 개미를 짓누를 때와 같은 잔인한 웃음이었다.

 "포기하겠느냐?"

 샤갈의 비웃음 가득한 목소리가 들려왔다. 아니, 포기한다고 하면 한 번쯤은 봐줄 것처럼 부드럽게도 들렸다.

 "일, 일어들 나자. 여기서 죽을 수는 없잖아?"

 카시아스는 가까스로 몸을 일으키며 로베르토와 샤막을 잡아주었다. 당장에라도 쓰러질 것 같았지만 정신력으로 버티는 중이었다. 그만큼 워리어스들의 매질은 상상을 초월했다.

 "이 잠놈의 새끼들한테 꼭 갚아주고야 말 것이여. 쿨럭!"

 "어쨌든 매질은 끝난 것 같으니까 힘들 내자고. 크윽!"

 셋은 서로에게 의지한 채 힘겹게 일어섰다.

 부들부들.

 한 걸음 한 걸음이 고통스러웠다. 하지만 걸어야만 했다. 모두 각각의 사정이 있겠지만 이대로 죽을 수 없는 이유는 같았다.

"그래도 근성은 어느 정도 있는 놈들이군. 벨포스!"

"예, 가주님."

"앞으로 지낼 곳은 물론 규율에 대해서 설명해 주도록. 설명이 끝난 후에는 신고식을 마친 보상이 주어질 것이다. 씻겨서 데려오도록!"

"예, 가주님."

카시아스와 샤막, 로베르토 모두 무자비한 매질을 견디며 반대편에 서는 데 성공했다. 샤갈은 만족한 듯 고개를 끄덕이고는 안으로 들어갔다. 이제 카시아스와 일행은 클라니우스 가문의 워리어스가 될 수 있는 기회를 얻게 된 것이다.

WARRIORS

 카시아스 일행이 안내된 곳은 목욕탕이었다. 그곳에는 각각 시중드는 여인들이 있었는데 하나같이 다소 앳돼 보이면서도 예쁜 얼굴로 목욕을 도와주었다.
 "이, 이게 뭐여? 아까는 죽으라고 패불더니 인자는 계집질이라도 하라는 거여?"
 로베르토는 흥분한 목소리로 떠들었다. 갑작스러운 변화에 당혹스러운 것이다.
 "그냥 지금을 즐기는 게 좋아. 다시는 이런 기회가 없을지도 모르니까."

샤막은 로베르토와는 달리 차분했다. 아마도 이런 대우를 받을 것이라는 걸 아는 듯했다.

"뭐여? 죽기 전에 놀아보라는 거여?"

"샤막, 이대로… 괜찮은 건가?"

로베르토에 이어 카시아스도 지금의 상황이 당혹스러웠다. 과연 어떻게 반응해야 할지 갈피를 잡지 못했다. 이것도 일종의 테스트인지 아니면 이다음에는 또 뭐가 기다리고 있을지 걱정스러울 수밖에 없는 것이다.

"일단은. 씻겨줄 모양이니까 그냥 몸을 맡겨. 뜨거운 밤이 기다리는데 지금은 힘쓰지 말라고."

샤막은 자신을 시중드는 여인에게 몸을 맡겼다.

첨벙첨벙!

쓱쓱쓱.

"아따 간지러부러. 아무리 저쪽 세상의 가족이 걱정돼도 못 참겠는디? 워쩌?"

로베르토도 온몸을 구석구석 씻겨주는 여인의 손길에 금세 달아올랐다. 이전 세상에서의 일은 생각할 겨를도 없었다. 지금 당장 걷잡을 수 없는 욕망이 솟구쳐 올랐다.

"참으라니까. 지금은."

샤막은 날카로운 목소리로 주의를 주었다.

"썩을."

로베르토는 이미 몸이 반응하고 있었지만 억누를 수밖에 없었다. 이 낯선 곳에서 까딱 잘못했다가는 목이 달아날 수도 있었기 때문이다. 지금은 그저 이 세상 사람인 샤막의 말에 따르는 게 최선인 것이다.

"잠깐 이쪽으로 좀."

"내가 알아서 씻을 테니 됐소."

카시아스를 시중드는 여인은 조심스레 카시아스의 몸을 어루만졌다. 하지만 카시아스는 여인을 제지하며 손길을 거부했다.

"제가… 마음에 안 드시나요?"

여인은 잔뜩 겁먹은 표정으로 물었다.

"그런 게 아니오. 나는 그저……."

여인의 모습에 카시아스는 당황했다.

"카시아스, 마음에 안 들면 저녁에 바꾸면 돼."

"마음에 안 들어서 그런 게 아니라……."

샤막의 충고에 카시아스는 더욱 난감한 표정이 되었다. 카시아스가 여자 경험이 없는 것은 아니지만 여자를 밝히거나 특정한 여인을 사귄 일은 없었다.

이전 세상에서는 오직 검에 미쳐 살지 않았던가. 여자관계에 대해서는 애송이나 다름없었고, 무엇보다 일행과 함께 알몸으로 있는 상태라는 게 더욱 부끄럽게 만들었다.

여인들도 옷은 걸치고 있었지만 속살이 훤히 보이는 하얀 천 옷이라 벗고 있는 것과 크게 차이가 없었기 때문이다.

"어차피 오늘 선택하는 계집이 이곳에서 자네 짝이 될 테니까 신중하게 고르는 것도 좋겠지."

"짝이라니?"

샤막의 이야기에 카시아스는 의아한 표정으로 물었다. 이곳은 워리어스 양성소가 아닌가. 그리고 자신들은 노예다. 그런데 짝을 지워준다니 의아할 수밖에 없었다.

"곧 알게 되겠지만 우리는 앞으로 목숨 내놓고 싸울 사람들이거든. 막장 중에서도 이런 막장이 없지. 언제 죽을지 모르는데 정 붙일 필요도 없고. 그래서 이곳의 계집 하나씩을 짝 지워주는 거야. 일단 정붙이고 살라는 거지. 그래야 이기려고 발악이라도 할 것 아니야?"

샤막은 워리어스들에게 짝을 지워주는 이유에 대해서 말해주었다. 샤막은 이 세상의 사람이고 워리어스에 대해서는 어느 정도 알고 있었다.

비록 콜로세움에서 경기를 직접 본 것은 몇 번 되지 않았고 워리어스에 대한 관심도 많지는 않았지만 자연스레 알게 되는 그런 정보들이 있는 것이다.

"강제로 말인가? 왜?"

카시아스는 샤막의 말을 얼핏 이해할 수가 없었다.

"뭐 콜로세움에서 싸우는 명예를 내세우고 있지만 대부분은 살기 위해 싸우는 게 현실이지. 이곳에 있는 우리야 더 이상 잃을 것도 없는 바닥이고. 에라, 모르겠다 하고 그냥 칼 맞아 죽으려고 할지 누가 알아?"

"그럼……."

"비록 경기에서 살아 돌아온 날에만 함께할 수 있지만 엄연히 짝이거든. 나중에는 정이 들지. 잃을 것 없는 막장들에게 잃고 싶지 않은 한 가지가 생기는 거라고 할까?"

샤막의 이야기에 카시아스는 비로소 짝을 지워주는 이유에 대해서 이해할 수 있었다. 한마디로 소중한 걸 만들어주겠다는 의도가 아닌가. 워리어스들에게 승리에 대한 집착을 갖게 만들기 위한 하나의 편법이라고 볼 수 있었다.

자신의 여인을 위해서라도 살아남으라는 일종의 계기를 마련해 주는 셈이다.

"만일 내가 거절하면?"

"그 계집은 다른 놈에게 가겠지. 아니면 자넬 유혹하지 못한 죄로 벌을 받던가."

"으음."

카시아스는 절로 신음성이 흘러나왔다. 자신이나 여인이나 같은 노예의 처지였지만 여인의 입장은 한층 더 바닥이었다. 자신의 결정에 따라 여인의 인생이 또 한 번 바뀌는 것이다.

더 바닥으로 떨어질 것인지 아니면 지금 상태에서 머물 것인지는 순전히 자신의 선택에 달려 있었다.

"오늘 처음 본 계집한테 신경 쓸 필요는 없어. 이곳에서야 비일비재한 일이니까."

샤막은 카시아스가 부담을 갖지 않도록 대수롭지 않게 말했지만 카시아스로서는 부담스러울 수밖에 없었다.

"만일 내가 끝까지 거절한다면?"

"주인이 자넬 신임하지 못할 거야. 지킬 게 없는 인간은 언제든 돌아설 수 있으니까. 어쩌면… 자네는 경기에도 나가지 못하고 버려질 수도 있어. 그러니 조금이라도 오래 살고 싶으면 적어도 이곳의 룰은 지키는 게 좋아. 어떻게든 살아남는다며?"

"비열하군. 어떻게 사람을 단지 그런 수단으로 취급할 수 있는지… 이건 숫제 짐승 취급이군."

샤막의 이어지는 충고는 더욱 가관이었다. 자신의 선택으로 여인의 운명만 뒤바뀌는 게 아닌 것이다.

어찌 보면 큰 혜택을 주는 것 같지만 그것은 결국 더 많이 이용하기 위한 방편일 뿐. 워리어스라는 칭호를 주지만 언제든 버려질 수 있다는 위기감도 공존하고 있었다.

"지금은 그런 거 따질 때가 아니야. 어차피 한 명은 택해야 하니까 마음에 안 들면 바꾸고. 아니면 선택해. 눈 밖에 나지 말고."

"알려줘서 고맙다."

"훗. 동료잖아."

카시아스는 샤막의 충고를 받아들이기로 했다. 그가 아니었다면 시작부터 큰 실수를 할 뻔하지 않았는가. 이곳 출신의 동료가 있다는 건 분명 큰 도움이 되었다.

샤막에 대해서 그다지 좋은 감정을 가지고 있지 않던 카시아스는 그에 대한 감정이 조금은 누그러졌다. 영문도 모르고 잡혀온 소환수들이 이곳 출신을 싫어하는 건 어찌 보면 당연한 반응이기 때문이다.

"뭐, 그렇다 이거지? 난 아주 쏙 마음에 드는구마이. 네 이름은 뭐시여? 난 로베르토여."

로베르토는 무척이나 만족하는 듯했다. 평소 로베르토의 이상형의 여인이 짝이 되었으니 왜 아니 좋겠는가. 로베르토는 달아오르는 몸을 애써 잠재워야만 했다.

"애나예요. 앞으로 잘 부탁해요, 로베르토. 내가 항상 응원할게요."

"뭐 이곳에 있는 동안은 잘 지내보드라고. 흐흐흐."

애나는 애교있는 모습으로 자신을 소개했다. 로베르토는 억센 팔로 애나의 허리를 감싸 쥐고는 음흉한 웃음을 흘렸.

애나도 싫지 않은지 거부하지 않았다.

이제 짝이 되었으니 애나 입장에서도 자신을 돌봐줄 유일한 사람은 로베르토였기 때문이다.

"전 티아라예요. 언제나 기도할게요. 무사히 돌아오시도록. 이름이 뭔가요?"

"카시아스. 고맙소."

카시아스의 짝이 될 여인은 티아라. 그녀는 애써 웃음 지으며 카시아스에게 잘 보이기 위해 노력했다. 하지만 카시아스의 대답은 너무도 짤막했다.

"자자, 이야기는 그만하고 얼른 씻자고. 주인한테 빨리 가봐야 하잖아."

"어이, 샤막! 벌써부터 주인, 주인. 아주 입에 붙었구마이."

샤막이 재촉하자 로베르토는 못마땅한 듯 딴지를 걸었다. 카시아스도 그렇지만 로베르토 역시 이곳에 갑작스레 끌려온 처지였기에 노예로 취급당하는 것에 상당한 불만을 가지고 있었다.

더욱이 이곳 출신의 샤막에 대해서는 비록 동료가 되기는 했지만 여전히 불편한 감정은 남아 있는 것이다.

"여기서 살아남고 싶어?"

"그야 당연한 것 아니여?"

"그럼 첫 번째는 주인에게 밉보이지 않는 거야. 그는 언제든 우릴 죽일 수 있고 그에 따른 어떤 처벌도 받지 않아. 우릴 살려두는 이유는 쓸모가 있기 때문이고. 더 말해야 되냐?"

샤막은 진지한 표정으로 이야기를 시작했다. 이곳에 오는 동안에도 여러 가지 이야기를 해주긴 했지만 그때와는 또 달랐다. 이곳에 온 이후로 샤막은 언제나 진지했기 때문이다.

그건 샤막 역시도 무척 긴장하고 있다는 걸 의미했다. 그도 여기저기서 주워들은 이야기들을 이제는 직접 겪어야 하는 처지인 만큼 다른 일행과 다르지 않은 것이다.

"아니여. 나도 알아들었당께."

로베르토도 순순히 수긍했다. 아직 감정은 남아 있지만 샤막에게 도움을 받고 있다는 건 부정할 수 없었다.

"샤막 말이 맞아. 아직 이곳 분위기도 제대로 모르는 이상 책잡힐 일은 삼가도록 하지. 다들 살아남아야 하는 이유가 있잖아?"

카시아스도 샤막을 거들었다. 가장 중요한 것은 생존하는 것. 비록 이유 없이 끌려와 노예가 되었지만 살아만 있다면 언제든 기회는 온다는 믿음만큼은 버리고 싶지 않은 것이다.

"카시아스, 이곳에서의 생활이나 주의해야 할 점들은 제가 밤에 말해줄게요. 그것도 우리의 의무니까요. 이제부터 우린 같은 운명이에요."

지킬 것을 만들어라 103

"으음. 알겠소."

티아라는 카시아스에게 친절하게 말해주었다. 앞으로 운명을 같이해야 할 동반자 카시아스는 티아라가 의지할 수 있는 유일한 사람이었다.

    * * *

똑똑.
"가주님, 신참들을 데려왔습니다."
"들어오도록."
"예의에 어긋나지 않게 각별히 주의해라. 하나라도 실수하는 날에는 그 목이 떨어질 것이다."

마스터 벨포스는 카시아스 일행에게 단단히 주의를 주었다. 가주 샤갈의 비위를 거스르거나 무례함을 보인다면 그걸로 끝이다. 재판도 없고 하소연할 때도 없다.

이곳에서 샤갈은 황제가 아니라 신이었다.

"씻겨놓으니 제법 그럴듯하군. 자네가 보기에는 어떤가?"

가주 샤갈은 카시아스 일행의 모습을 보고는 꽤나 만족스러워했다. 과연 거금을 들일 가치가 있었는지는 아직 알 수 없었지만 느낌만큼은 좋아 보였다.

"훈련을 시켜봐야 알겠지만 눈빛들은 살아 있습니다. 하기에 따라서 좋은 성과를 거둘 것입니다."

"개미굴에서 살아난 자들이니 기본기는 있겠지."

"그렇습니다."

마스터 벨포스 역시 카시아스 일행에 대한 느낌은 긍정적이었다. 적어도 투지가 엿보였기 때문이다. 신참일 때 필요한 가장 첫 번째가 바로 그것이다.

"앉지."

"가주님의 지시가 들리지 않느냐?"

처처척.

카시아스 일행은 제법 군기 잡힌 태도로 자리에 앉았다. 목욕탕에서의 샤막의 충고 덕분이다. 지금은 자존심을 세울 때가 아니다. 어떻게 해서든 살아남는 게 가장 중요했다.

"샤막이라고 했던가?"

"그렇습니다."

샤막은 공손하게 대답했다.

"훗. 로비우스의 팔을 제대로 잘랐던데?"

샤갈은 흥미롭다는 표정으로 물었다. 로비우스에 대해서 그다지 좋은 감정은 없는 모양이다.

"머리를 자르려 했지만 팔로 막는 바람에 그리된 것입니다."

샤막은 다소 공격적이고 직설적으로 말했다. 목욕탕에서 카시아스와 로베르토에게는 그렇게나 잔소리를 하더니 오히려 가주를 자극하고 있는 건 샤막 자신이었다.

"이놈이!"

샤막의 거친 태도에 벨포스가 얼른 주의를 주었다. 샤막은 분명 도를 넘은 것이다. 카시아스와 로베르토는 속으로 조마조마했다. 여기서 가주의 명령 한마디면 샤막은 그대로 목숨을 잃을 수도 있었기 때문이다.

"아, 괜찮네. 로비우스 그놈이야 언제고 그런 꼴을 당할 만했지. 노예들을 좀 쥐어짰어야지."

모두의 걱정과는 달리 샤갈은 별로 개의치 않는 듯했다. 오히려 로비우스가 당한 것에 대해서 꽤나 고소해하는 것처럼 보였다. 눈치를 살피던 카시아스는 속으로 안도했다.

"살려주셔서 감사드립니다."

샤막은 거칠었던 태도를 고치고는 정중하게 감사의 뜻을 표했다.

"진짜 감사하고 싶으면 살아남아야 할 것이다. 물론 살아남는다는 게 쉽지는 않겠지만."

"반드시 살아남겠습니다."

그런 샤막에게 가주 샤갈은 짐짓 엄한 목소리로 당부했다. 사실 샤갈에게 샤막의 잘잘못은 별 의미가 없었다. 문제는 과연 샤막이 워리어스가 되어 콜로세움에서 걸어나올 수 있느냐였다.

그것만이 샤갈의 관심사였다.

"기사 출신이니 검술에는 제법 능할 테고, 알아보니 로베르토의 팔을 자를 때 무려 다섯의 호위기사를 베었더군. 이곳에서의 훈련은 너를 더욱 강하게 만들어줄 것이다. 가문의 명예를 드높이도록."

샤갈은 꽤나 기대를 하는 눈치다. 그도 그럴 것이, 혼자서 기사 다섯을 베고 로비우스의 팔까지 자르는 것은 절대 쉬운 일이 아니다. 그만큼 샤막의 검술이 일정 수준에 올라 있다는 의미였다.

제대로만 가르친다면 누구보다 빠르게 성장할 가능성을 가지고 있는 게 샤막이었고 샤갈은 그 점을 높이 샀다.

"클라니우스 가문을 위하여!"

샤막은 우렁찬 목소리로 외쳤다. 그런 모습에 가주 샤갈도 절로 웃음이 나왔다.

"후후, 제법 눈치도 있고. 다음은 로베르토?"

"잘 부탁드립니다."

로베르토도 최대한 정중하게 인사를 했다.

"이곳의 분위기는 대충 파악했을 테고, 넌 살아남기 위해 남들보다 우위에 설 수 있는 점이 있나?"

"칼을 잘 던집니다요."

샤갈의 물음에 로베르토는 자신있게 대답했다. 하지만 샤갈의 표정은 그리 좋지 않았다.

"칼을? 만일 실패하면 빈손이 될 텐데?"

샤갈은 못 미더운 표정으로 물었다. 일단 무기가 손을 떠난 시점부터 로베르토는 무방비 상태가 되는 것이나 다름없기 때문이다.

"실패하지 않습니다요."

로베르토는 단호하게 말했다.

"다른 건 할 수 없나?"

"단검류는 어느 정도 사용합죠."

샤갈은 아무래도 칼을 던진다는 게 별로 미덥지 않은 모양이다. 그것뿐이라면 워리어스가 되기는 거의 불가능하다고 볼 수 있다. 콜로세움이 그리 만만하지 않다는 건 목숨을 잃기 전까지는 절대로 알 수 없었기 때문이다.

"단검이라……. 무기는 상대와의 거리를 멀리 할수록 유리한 법인데 일단 시작은 불리하군. 자네 생각은 어떤가?"

샤갈은 이번에도 별로 표정이 좋지 않았다. 샤막과는 달리 로베르토에 대해서는 별로 믿음이 가지 않은 것이다.

"객관적으로 보자면 불리한 게 맞습니다. 다만 얼마나 숙련이 되어 있는가에 따라 달라질 수 있는 가능성은 있습니다.

내일 훈련 때 시험한 후에 보고 드리겠습니다."

마스터 벨포스도 로베르토에 대해서는 어떻게 평가를 내리기가 곤란했다. 로베르토가 싸우는 모습을 본 일도 없고 칼을 던진다는 것은 그 이후에 약점으로 작용한다는 걸 알기 때문이다.

"콜로세움에 설 수 없다면야 괜한 투자를 할 필요는 없겠지."

샤갈은 로베르토에 대해서는 반쯤 포기했다. 만일 테스트에 통과하지 못한다면 이곳에 데리고 있을 필요가 없는 것이다.

"칼 든 놈이든 창 든 놈이든 다 이길 수 있다니께!"

울컥했는지 로베르토의 언성이 높아졌다.

"무례하지 말라고 했을 텐데?"

"이게 내 말투여! 워쩌라고!"

로베르토의 거친 모습에 벨포스가 얼른 제지했지만 로베르토는 더욱 거칠게 나왔다. 신이나 다름없는 가주 샤갈의 눈 밖으로 벗어난다는 게 무얼 뜻하는지 알기 때문이다.

로베르토는 나름대로 자신의 실력을 어필하고 싶었던 것이다.

"후후, 꽤나 자신이 있나 본데 시험해 보면 알겠지. 만일 내일 시험에 통과하게 된다면 내 특별히 상을 주마."

"믿어불드라고! 내 통과하고 말 것이여."

로베르토의 거친 모습은 오히려 가주 샤갈에게 좋은 인상을 준 것 같았다. 샤갈은 로베르토만을 위한 특별한 약속을 해주었다. 불리한 만큼 그에 따른 포상도 상대적으로 큰 것이다.

로베르토는 자신있게 대답했다.

"후후, 그래도 아까의 그 겁쟁이하고는 다르군. 좋아. 다음은 카시아스라고 했나?"

"그렇습니다."

조금 전 콜로세움에서 도망쳤던 겁쟁이를 처형해서인지 로베르토의 자신감은 샤갈의 마음을 흡족하게 만들었다. 워리어스라면 이 정도의 패기는 있어야 하지 않는가.

"개미굴에서는 검을 사용하던데 이곳에 오기 전에 내세울 만한 게 있으면 말해라."

"군에 있었습니다."

"군에? 이거 특이하군. 군 출신들은 드문데 말이야. 그럼 검사였나? 위치는 어느 정도였지?"

카시아스의 대답은 샤갈을 놀라게 만들었다. 소환수 중에서도 극히 적은 비율로 군 출신들이 있었는데 그들은 일반 기사들과는 상당히 다른 면모를 보여주었고 특별한 자극을 주는 경우가 많았기 때문이다.

그 때문인지 시민들 역시도 군 출신들을 선호하는 경향이 있었다. 아무래도 색다른 재미를 기대한 것이다.

"장군이었습니다."

"장군? 꽤나 젊어 보이는데 장군까지 올랐단 말이냐?"

이어지는 대답은 샤갈을 또 한 번 놀라게 했다. 카시아스의 나이는 이제 이십대 중후반 정도로 보였는데 아무리 출세를 빨리 한다고 해도 그 나이에 장군의 위치에 오른다는 건 상식적으로 불가능한 일이었기 때문이다.

"저희 집안은 대대로 장군가였습니다. 또한 어려서부터 검을 수련해 왔습니다."

카시아스는 자신의 출신 배경에 대해서 이야기했다.

"네 검술은 제법 인상적이었다. 개미굴 붙박이였던 노인도 결국 네게 패했지. 사실 나이만 젊었다면 그 노인을 서로 사기 위해 제법 치열했을 텐데."

샤갈은 개미굴에서의 활약을 떠올렸다. 카시아스를 얻기 위해 꽤 많은 거금과 공을 들이지 않았던가. 개미굴에서의 인상은 샤갈에게 큰 기대를 갖게 만들었다.

"그분은 저보다 강하셨습니다. 제게 승부를 양보하셨습니다."

"뭔가 이상하긴 했는데 그랬군. 그 이유가 궁금해. 언제나 치열하게 살아남는 자였는데. 어찌 되었든 이긴 건 너다. 이곳에서 충실히 훈련에 임한다면 과거 네 힘을 능가하게 될 것이다. 아는지 모르겠지만 어떤 세상의 검술도 이곳에서의 검술에 비하면 어린애 수준. 네가 검에 욕심이 있다면 새로운 세상을 보게 될 것이다. 알겠느냐?"

"알겠습니다."

샤갈은 카시아스에게서 제법 강한 인상을 받았다. 개미굴에서도 그랬고 지금도 차분해 보이지만, 알 수 없는 어떤 기세 같은 게 느껴진 것이다.

그건 한 번이라도 다른 이들 위에서 군림했던 자들에게서 나오는 그런 느낌이었다.

"우리 가문의 명성을 드높이도록 노력하라."

"클라니우스 가문을 위하여!"

카시아스 역시 샤막과 마찬가지로 구호를 외쳤다. 이는 이곳의 워리어스에게는 언제나 새겨두어야 할 신념과도 같은 것이다.

"내일부터는 본격적인 훈련이 시작될 것이다. 말이 훈련이지 목숨을 걸어야 할 것이다. 워리어스라는 칭호를 아무에게나 주는 건 아니니까. 대신 오늘은 과거의 모든 집착을 끊고 새롭게 출발할 수 있도록 베풀어줄 것이다."

샤갈은 이곳 생활에 익숙해질 수 있도록 카시아스 일행을 위한 특별한 배려에 대해서 이야기했다.

"너희들은 이제 이곳이 집이고 삶이며 목표다. 가문을 위하여 충성하고 노력한다면 이곳에서 가정을 꾸릴 수도 있고 명예와 함께 부유한 삶을 누리는 것도 가능하다. 그것이 내가 너희들에게 주는 기회이며 약속이다. 목숨을 바쳐 우리 클라니우스 가문의 명예를 만천하에 드높이거라!"

"클라니우스 가문을 위하여!"

샤갈의 이야기가 끝나자 카시아스 일행은 힘찬 목소리로 구호를 외쳤다.

드디어 클라니우스 가문에서의 삶이 시작되는 순간이다. 앞으로 수많은 역경과 고난이 이들을 기다리게 될 것이다. 그 첫 번째 관문은 워리어스의 칭호를 얻는 것이다.

"오늘은 워리어스에게도 자유 시간을 주도록. 막시무스 그놈에게 빼앗길 뻔한 자들을 내가 사왔으니 지금쯤 배가 아플 것이야."

"워리어스들이 가주님의 은혜에 감사할 것입니다."

샤갈은 기분이 좋았는지 카시아스 일행 외에 워리어스들에게도 특별한 자유를 주기로 했다. 콜로세움에서 살아 돌아올 때에만 주어지는 그런 시간이었다.

"데리고 가라. 이곳에서의 룰에 대해서 설명해 주고 짝을 정해주도록. 모든 과거를 다 잊을 수 있게."

"이행하겠습니다."

마스터 벨포스는 공손하게 인사를 하고는 카시아스 일행을 데리고 나왔다. 샤갈의 면접을 통과했으니 이제부터는 본격적인 한식구가 된 것이다.

WARRIORS

 마스터 벨포스는 카시아스 일행을 자신의 집으로 데려왔다.

 "와인 한 잔씩들 할 텐가?"

 "와인이요? 주신다면야 감사하지요."

 쪼르르르륵.

 벨포스는 와인을 한 잔씩 따라주었다. 여인들과의 목욕부터 이렇게 와인까지 카시아스 일행은 실감이 나질 않았다. 때로는 목숨이 오가는 긴박한 순간들부터 반대로 이러한 편안함까지 이들의 예상을 매번 빗겨갔다.

"편히들 앉지."

"잘 마시겠습니다. 이제 와인하고는 끝인 줄 알았는데. 마스터께서는 다른 곳의 마스터들과는 신분이 다르시군요. 몰랐습니다."

샤막은 벨포스의 신분이 노예가 아니라는 것에 다소 놀랐다. 워리어스의 마스터는 워리어스 출신이라고 알고 있었기 때문이다. 하지만 워리어스는 엄연히 노예고 이렇게 개인의 집까지 주어지는 건 불가능한 일이었다.

"나 역시 자네들과 같네."

샤막의 예상과는 달리 벨포스는 자신의 신분에 대해서 말해주었다. 전혀 노예 같지 않은 삶을 사는 노예라고 할까. 벨포스가 노예라는 것이 이들에게는 더 놀라운 일이었다.

"그럼 노예… 아니, 워리어스라는 말씀입니까?"

"그렇다네. 다만 어느 정도의 특혜는 누리고 있지. 나만의 공간과 훈련 외의 자유 시간, 그리고 가정이지. 내 집에서의 생활은 시민들과 크게 다르지 않네."

"그렇군요."

벨포스의 이야기에 모두 고개를 끄덕였다. 왜 워리어스라는 칭호에 그리들 집착하는지 조금은 이해할 수 있었다. 명예와 함께 이러한 특혜까지 따라오는 것이다.

평생 노예로 살아야 하는 워리어스들에게 이러한 특혜는

곧 희망이고 목숨을 거는 계기가 되기에 충분했다.

"와인 맛은 어떤가?"

"상품인 것 같습니다. 맛이 끝내주는데요?"

벨포스의 물음에 샤막은 엄지손가락을 곧추세웠다. 제법 와인에 대해서 아는 모양이다.

"역시 기사 출신이라 좀 아는군. 자네들은?"

샤막이 투견이기는 해도 다른 범죄자들과는 달리 기사라는 건 이곳에서는 특별한 경우였다. 벨포스도 샤막을 대하는 건 여느 투견들을 대하는 것과 달랐다.

샤막은 상류층은 아니라 해도 엄연히 출세가도가 보장된 일반 평민보다는 상위의 부류였기 때문이다.

흉악한 범죄를 저지른 사형수들과는 근본부터 다를 수밖에 없었다.

"저는 와인은 별로 마셔보지 않아서 잘 모르겠습니다."

카시아스는 시큼하면서도 달콤한 것이 입에는 맞았지만 이게 상품인지 하품인지에 대해서는 전혀 구별할 수 없었다.

"크으으, 기가 막히구마이. 제가 와인에 대해서 좀 아니께 드리는 말씀인디, 끝내줍니다요."

"하하하! 그런가?"

이때 로베르토가 나서며 칭찬을 늘어놓았다. 벨포스도 기분이 좋은지 절로 웃음이 나왔다.

킹 오브 워리어스

"어울리지 않게 잘 알긴."

외모와는 달리 와인에 대해서 아는 체를 하는 게 같잖았는지 샤막은 썩소를 지었다.

"어허, 이래 봬도 여기 오기 전에 애주가로 통한 사람이여."

로베르토는 기죽지 않고 더욱 당당하게 말했다. 제법 와인에 대해서 알긴 아는 모양이다.

"내일부터 훈련이라는 건 알 테고, 내가 기본적인 사항을 말해주지. 지금부터 명심해서 들어라. 아무리 사소해 보이더라도 반드시 지켜야 하니까. 만일 어기게 된다면 곧바로 목숨과 직결될 가능성이 높다. 내 말 이해하나?"

"예."

"경청하겠습니다."

벨포스는 어느 정도 긴장이 풀어진 것 같자 진지한 어조로 주의 사항에 대해서 이야기를 시작했다. 신참들을 굳이 집으로 데려온 것도 이 때문인 듯했다.

이렇게 어느 정도 자유가 주어지는 반면 규칙의 엄격한 면에 대해서도 주의를 주기 위함이었다.

"우선 취침과 기상 시간은 엄격하다. 취침 시간 이후엔 어떤 경우에라도 출입이 통제된다. 발견 즉시 사살이다."

"곧바로 말입니까?"

"그렇다. 취침 시간 이후에는 절대 움직이지 않는 게 좋다."

"알겠습니다."

와인을 마시며 자유스러운 분위기와는 달리 벨포스가 말하는 내용들은 살벌하기까지 했다. 일단 규칙을 어기면 예외란 없었고, 그 처벌 역시 즉각 이루어진다.

모두는 바짝 긴장한 채 벨포스의 이야기에 귀를 기울였다.

"훈련 시간에는 어떤 지시에도 따라야 한다. 또한 훈련 중에 사사로운 싸움은 금한다. 어기게 되면 그에 걸맞은 제재가 따를 것이다. 물론 사살할 수도 있다. 훈련 중에는 가주님 외에는 내 명이 절대적이다. 명심해라."

"명심하겠습니다."

"알겠구만요."

벨포스는 앞으로 이곳에서 살아가며 반드시 지켜야 할 사항들에 대해서 말해주었다. 그것은 카시아스 일행에게는 곧 생과 사의 갈림길이 될 수 있었다.

"너희들의 신분은 그저 노예일 뿐이다. 워리어스들과 충돌한다면 그 책임은 너희들에게 물을 것이다."

벨포스는 마지막으로 기존의 워리어스들과의 관계에 대해서 단단히 당부했다.

"그들이 먼저 싸움을 걸었을 때는 어떻습니까?"

킹 오브 워리어스

"잘잘못이나 원인은 중요하지 않다. 워리어스들은 충분히 클라니우스 가문을 위해 목숨까지 바친 존재들이다. 워리어스가 아닌 노예들이 함부로 할 수 없다. 설령 워리어스들에게 죽더라도 가주님께서는 워리어스들을 벌하지 않을 것이다."

"으음."

벨포스의 이어지는 이야기는 절로 신음성이 흘러나오게 만들었다. 어떠한 경우에도 워리어스와의 충돌은 금지되는 것이다.

마치 주인과 노예의 관계처럼 워리어스의 칭호를 받지 않는 자들과 워리어스 간에는 엄청난 차이가 존재하고 있었다.

"그러니까 워리어스들과는 절대로 충돌하지 말란 말씀이군요? 맞습니까?"

"바로 그거다."

"알겠습니다."

결론은 간단했다. 워리어스에게는 무조건 양보하고 그들의 비위를 거스르지 말 것. 그럼 되는 것이다.

"우리는 워리어스가 아닙니까? 이곳에 오면 워리어스가 된 것이라고 들었습니다만."

카시아스는 워리어스와의 차별이 좀처럼 이해되지 않았다. 어차피 함께 훈련하고 함께 콜로세움에 설 동료들이 아닌가. 이건 지나친 차별이라 여긴 것이다.

"너희들은 워리어스가 되기 위해 훈련을 받게 될 것이다. 그리고 워리어스란 목숨을 걸고 승리한 자들에게 주어지는 명예로운 칭호. 콜로세움에서 살아 돌아오는 날이 워리어스가 되는 순간이다."

"으음. 알겠습니다."

벨포스는 워리어스의 의미에 대해서 알아들을 수 있게 정리해 주었다. 결국은 목숨을 건 싸움에서 살아남아야만 동료들에게 인정을 받는다는 뜻이다.

콜로세움에 서게 될 그 순간까지, 그리고 그곳에서 살아 돌아올 때 비로소 기존의 워리어스들과 동료가 되는 것이다.

"그런데 너희 셋은 사이가 좋아 보이는군."

"동료니까요."

"동료라……. 내가 알기로는 각자 출신이 다른 것으로 아는데? 더욱이 샤막은 이곳 발렌티아 대륙 출신이고."

벨포스는 카시아스 일행이 잘 어울리는 게 의아한 듯했다. 이곳에서는 워리어스 간에도 패가 나뉘어 있었고, 그건 어느 양성소를 가든 마찬가지였기 때문이다.

아무리 생과 사를 함께하는 동료라고 해도 출신에서 오는 대립은 오랜 워리어스 역사에서도 해결되지 못한 문제인 것이다.

"하지만 같은 처지 아닙니까?"

카시아스는 오히려 그런 벨포스의 물음을 이해할 수 없었다. 개미굴에서부터 살아남아 같은 양성소에 온 것만으로도 인연이라고 볼 수 있었기 때문이다.

"내가 이곳에서 지낸 지 이십여 년이 되었지만 소환수들과 투견이 친한 경우는 처음이다."

벨포스는 자신의 경험을 말해주었다.

"투견이라니요?"

카시아스는 투견이라는 말에 고개를 갸웃했다. 투견이라면 개가 아닌가.

"토종들을 투견이라고 부른다. 본래 소환수들 간의 대결로 시작된 검투에 끼어들었으니 싸우는 개라고 부르는 것이다. 한편으로 이곳에서는 정상적인 생활을 할 수 없는 막장들이기도 하지."

벨포스는 투견이라 불리는 이유에 대해서 말해주었다. 본래 워리어스는 소환수들로만 구성되어진 것이 시간이 흐르면서 점차 발렌티아 대륙 출신들까지도 참여하게 되었다.

하지만 대륙 출신의 워리어스들은 거의 대부분이 범죄자들이다. 간혹 정치적인 모략으로 숙청당한 자들도 있긴 했지만 대부분은 극악한 범죄를 저지른 사형수들이다.

반면에 무작위로 끌려오기는 하지만 결국 개미굴에서 살아남은 자들은 상당한 위치에 있는 부류가 대부분이었다. 소환수들은 사회에 해만 끼치던 범죄자들과 동료가 되기를 꺼려 할 수밖에 없다. 그 때문에 투견이라 낮춰 부르며 무시했는데 이제는 투견이라는 말이 자연스럽게 일반화된 것이다.

"그렇군요. 그럼 이곳에 있는 이상 모두 워리어스가 되는 게 아닙니까? 물론 시험에 통과한다면 말입니다. 서로 같은 처지인데 사이가 그렇게나 안 좋습니까?"

"엄격한 규율이 없다면 아마도 훈련장에서는 매일같이 칼부림이 날 것이다. 그만큼 서로에 대한 반감이 크지. 물론 콜로세움에서 다른 워리어스들과 싸울 때는 예외겠지만."

"특별히 사이가 좋지 않은 이유라도 있습니까?"

벨포스의 이야기는 너무 과장한 게 아닌가 싶을 만큼 충격적이었다. 카시아스는 왜 같은 워리어스 간에 그렇게나 서로를 적대하는지 이해하기 힘들었다.

물론 투견들에 대한 감정이 별로 좋지 않은 것에 대해서는 공감할 수 있었다. 소환수들 입장에서는 이 세상 사람들에게 적대감을 가지는 게 당연했기 때문이다.

하지만 그것도 처음에 잠시일 뿐이지 같은 처지의 동료들까지도 싸잡아서 적대한다는 건 지나친 처사로 보였다.

"자존심 문제겠지."

"자존심이라니요? 저는 잘 이해가 안 됩니다."

"살아남은 소환수들은 대부분이 본래의 세상에서 꽤나 대단한 능력을 지녔거나 그런 위치에 있는 자들이다. 뭐 아닌 자들도 있겠지만 대부분은 그렇지. 안 그럼 이곳까지 오지 못하고 개미굴에서 모두 죽었을 테니까. 반면에 투견이라 불리는 토종들은 죄수들이지. 그것도 사형수들."

"사, 사형수라니요? 이곳 출신의 워리어스는 모두 사형수라는 말씀입니까?"

카시아스는 화들짝 놀랐다. 샤막의 사정이야 이미 들어서 알지만 설마 다른 워리어스들까지도 사형수라니 당황스러웠다.

샤막은 비록 사형수이긴 해도 극악한 범죄를 저지른 건 아니었다. 보기에 따라서는 충분히 옳은 일을 했고, 카시아스도 샤막의 행위에 대해서는 공감하고 있었다.

같은 상황이라면 자신도 그와 같이 행동했을 것이기 때문이다. 하지만 극악한 범죄를 저지른 자들까지 옹호할 수는 없다. 카시아스는 소환수들의 적대감이 조금은 이해가 되었다.

"몰랐나 보군. 사형수 중에서 죽기보다는 차라리 또 다른 기회를 얻으려는 자들이 있지. 물론 원한다고 해서 모두 그런 기회를 얻는 것은 아니지만. 샤막, 너도 사형수가 아니었던가?"

"크흠. 맞습니다."

"그럼 샤막처럼 우리가 있던 그곳, 아까 들어보니 개미굴이라고 하시던데 그곳으로 보내져서 살아남은 자들입니까?"

카시아스는 비로소 토종들이 양성소로 오는 과정에 대해서 짐작하게 되었다.

"아니. 사형수들은 개미굴에 보내지지 않는다. 여러 가지 시험을 거쳐서 노예상인의 눈에 띈 자들이 팔려오게 되지. 그런 점에서 샤막은 예외라고 할 수 있지. 소환수가 아니면서 개미굴에 버려졌으니까. 아마도 꽤나 미움을 받은 모양이다."

벨포스는 고개를 저었다. 샤막은 투견 중에서도 거의 없는 경우가 아닌가.

출신도 그렇지만 양성소에 오게 된 과정도 다른 투견들과는 확연히 달랐다. 엄밀히 말하면 샤막은 투견이면서 소환수의 과정을 거친 셈이다.

"이곳에서도 그런 분위기입니까?"

"그렇다. 소환수들과 투견들의 패가 나뉘어 있지. 테일러와 야콥이 두 그룹의 리더다. 둘은 콜로세움에서 전사의 칭호를 한 번씩 받았지. 그들의 눈 밖에 나지 않는 게 그나마 생활하기 편할 것이다."

벨포스는 가장 주의해야 할 인물에 대해서 말해주었다. 소환수들의 리더 테일러와 투견들의 리더 야콥. 이 둘은 앙숙이었지만 다른 워리어스에 비해 압도적으로 강했다.

투견들이 소환수에 대등하게 맞서며 대립할 수 있었던 것도 야콥 때문이다.

그런 이유로 투견들이 야콥에게 바치는 충성은 테일러를 능가했다. 야콥을 중심으로 투견들은 단단한 결속을 이룬 셈이다.

"출신이야 어찌 되었든 이제는 같은 운명인데 패를 나눠 대립한다는 게 마음에 들지 않는군요."

카시아스는 비록 범죄자들과 함께한다는 게 내키지는 않았지만 어차피 같은 노예가 아닌가. 살아남기 위해서는 출신에 관계없이 서로 간에 뭉쳐야 한다고 보았다. 자신들의 적은 같은 워리어스가 아니라 다른 데 있는 것이다.

"지금은 마음이 아닌 네 목숨부터 생각해야 할 것이다."

벨포스는 다소 감상적인 카시아스에게 현실적인 경고를 했다. 이곳은 멋이나 부리는 곳이 아니라 단 한 번의 실수로 목숨을 잃을 수 있는 전장과 같았기 때문이다.

"한 가지 궁금한 게 있는데… 괜찮겠습니까?"

"물론."

"마스터의 출신이 궁금합니다."

"내게 있어 출신은 중요하지 않다. 내게 워리어스는 똑같으니까. 하지만 굳이 말해준다면 나 역시 소환수다. 지금은 이전 세상에서의 일들은 그저 머나먼 꿈으로 남았을 뿐."

벨포스는 단호하게 말했지만 이전 세상에 대해 이야기할 때는 눈빛이 살짝 변했다.

말은 잊었다고 했지만 기억과 마음속에는 남아 있는 모양이다. 단지 불가능한 바람이라는 걸 알기에 애써 지우려는 듯 보였다.

"이곳에서 이십여 년간 버틸 수 있었던 계기가 뭔지 물어도 되겠습니까?"

카시아스는 진심으로 물었다. 벨포스는 이전 세상에서 만났더라도 충분히 동경할 만한 인물로 보였기 때문이다. 가진 바 실력은 물론 인품까지도 충분히 존경할 만했다.

벨포스의 진심 어린 조언이라면 이 땅에서 살아남는 데 조금은 더 도움이 될 것이라 믿었다.

"최강의 전사라는 명예를 위해 나는 끊임없이 훈련했다. 그리고 내 힘으로 이 자리까지 올라섰지. 내게는 워리어스로서의 명예가 무엇보다 중요하다. 그리고 너희들에게 그 명예를 취할 수 있는 길을 열어줄 것이다."

"정말 워리어스의 명예가 전부입니까?"

벨포스의 대답은 카시아스를 만족시켜 주지 못했다. 카시아스 역시 명예를 중요시하며 살아오지 않았던가. 검으로 최강이 되기 위해 장군직까지 버려가며 수련해 왔고, 그 칭호를 얻기 위해 운하일검 설하문을 찾아갔다가 이곳으로 소환되었기 때문이다.

하지만 워리어스라는 게 얼마나 명예로운 것인지에 대해서는 회의적이었다.

과거와 달리 워리어스의 싸움은 스스로 택한 것이 아닌 강제적인 것이기 때문이다.

그러한 헛된 명예에 모든 것을 바치기에는 억울했다.

"그렇다. 부수적으로 내가 지켜야 할 가족을 위해서도 나는 살아남기 위해 최선을 다했다. 아직 명예에 대한 현실적인 느낌은 없을 것이다. 그렇다면 애착이 가는 무언가를 만들어라. 오늘 주어질 짝이면 더욱 좋겠지. 지켜야 할 대상이 있을 때 인간은 그 어느 때보다 강해지는 법이다. 이것이 내가 너희들에게 해줄 수 있는 최선의 충고다."

벨포스의 이어지는 충고는 명예라는 포장보다는 훨씬 마음으로 다가왔다.

지켜야 할 대상을 만드는 것. 소중한 것이 있다는 게 워리어스라는 칭호보다 가치가 있다고 카시아스는 생각했다. 살아남기 위해서라도 카시아스는 움켜쥘 무언가가 필요했다.

아니면 당장에라도 자포자기하고 싶은 충동이 때때로 고개를 내미는 것이다.

어쩌면 이 세상에서 운하일검 설하문을 만날 수도 있다는 기대감과 개미굴의 노인에 대한 빚. 지금까지는 이 두 가지가 카시아스가 지금의 상황을 참아내는 계기였다.

거기에 지켜야 할 그 무언가가 또 생긴다는 건 과연 득이 될지 해가 될지 아직은 판단할 수 없었다.

"충고 감사드립니다."

"감사드립니다."

"감사하구만요."

벨포스의 진솔한 이야기는 카시아스 일행에게 큰 도움이 되었다. 더불어 이 땅에서 살아남아야 한다는 생각을 더욱 간절하게 만들었다.

"그럼 각자의 방으로 안내해 줄 테니 좋은 시간 보내도록. 오늘 함께하는 여인이 너희가 이 세상에서 처음으로 얻게 되는 가족이 될 것이다. 너희가 죽는다면 그 여인들은 다시금 다른 사내에게 주어지겠지. 아니면 팔려갈 수도. 여인들의 운명은 너희들에게 달려 있다. 기왕이면… 성심껏 대해주거라. 그저 너희들만 바라보는 가련한 존재들이니."

"알겠습니다."

벨포스의 마지막 당부와 함께 카시아스 일행은 각자의 방으로 이동했다. 이곳에선 벨포스 외에는 모두 공동생활을 했는데 오늘만큼은 특별히 각자의 방을 내어주었다.

* * *

카시아스가 들어간 방에는 목욕을 도와주었던 티아라가 다소곳하게 앉아 있었다.

"카시아스, 저를 거절하지 않으셨군요?"

카시아스가 들어오자 티아라는 무척이나 반가운 얼굴로 맞이했다. 혹시라도 카시아스가 다른 여자를 택하지는 않을까 내심 걱정했기 때문이다.

"거절할 이유가 없소."

"고마워요."

티아라는 기쁜 나머지 카시아스를 끌어안았다.

"크흠."

카시아스는 무안했는지 헛기침을 하며 티아라를 떼어놓았다.

스르르륵.

티아라는 입고 있던 원피스를 자연스레 밑으로 내렸다. 어깨부터 발끝까지 하얀 속살이 드러났다.

"잠, 잠깐만! 뭐하는 거요?"

갑작스레 옷을 벗고 알몸이 되자 카시아스는 당황하며 얼른 고개를 돌렸다.

"뭐하다니요? 이제 저는 당신의 여자예요."

티아라는 한발 다가섰다.

"티아라, 당신은 이렇게 처음 보는 사내에게 주어지는 게 아무렇지도 않소?"

카시아스는 너무도 자연스레 몸을 맡기려는 티아라에게 언짢은 표정으로 물었다.

"제가 거부하면 다른 길이 있나요?"

"그건……."

티아라의 물음에 카시아스는 대답할 말이 없었다. 티아라에게 선택의 여지가 없다는 것을 알기 때문이다.

"아마 전 매질만 당하고 다른 곳에 팔려갈 거예요. 주인님의 기분에 따라 죽을 수도 있겠지요. 당신처럼 저도 선택권이 없답니다."

"으음."

티아라의 이야기에 카시아스는 신음성을 흘렸다. 티아라의 처지는 자신보다 더했기 때문이다. 아무것도 할 수 없는 티아라를 비난하는 건 비겁한 행동일 뿐이었다.

"제가 마음에 안 드시면 다른 여인을 택할 수도 있어요."

티아라는 시선을 떨군 채 말했다. 카시아스의 이런 행동이 자신을 싫어해서 그런 것으로 생각한 것이다.

"당신이 마음에 들지 않는 건 아니오. 다만……."

카시아스는 뭐라고 설명해야 할지 말문이 막혔다.

"혹 이곳에 오시기 전에 사랑했던 분이라도……."

"아니오. 잠시 마음에 둔 여인이 있었기는 하나 그뿐이오. 특별히 날 기다리는 여인은 없소."

"그러셨군요."

티아라의 얼굴에 안도하는 기색이 살짝 스치고 지나갔다. 적어도 다른 여자 때문에 자신을 멀리하는 건 아니었기 때문이다.

"매일 이곳에서 함께 보내는 것이오?"

"아니에요. 당신이 워리어스의 칭호를 받는 날 우린 다시 만나게 될 거예요."

카시아스의 물음에 티아라는 고개를 저었다. 벨포스와 같은 특혜는 아닌 모양이다. 목숨을 건 대가로 간간이 주어지는 일종의 선물 같은 것이다.

"그럼 그때까지 당신은 무얼 하오?"

"전 이곳에서 마님이 시키시는 일들을 하게 되겠지요. 물론 다른 남자를 상대하는 일은 하지 않아요. 저는 이제 당신의 여자가 되었으니까요."

티아라는 카시아스와 짝이 된다는 걸 무척 당당하게 이야기했다. 짝이 있고 없고는 여자 노예에게는 무척 중요한 문제였다.

짝이 없는 여자 노예는 언제든 다른 남자의 노리개로 주어질 수 있었고, 이런저런 험한 일을 도맡아 해야 했다.

반면에 워리어스와 짝이 된 여인들은 필요한 최소한의 일만 해도 되었고, 다른 남자에게 주어지는 일은 없었다. 그렇지 않으면 워리어스들에게 기껏 소중한 존재를 만들어준 의미가 없기 때문이다.

"괜찮다면 잠시 이야기를 나눌 수 있겠소? 이곳에 대해서 아는 게 하나도 없어서 말이오."

"무엇이 궁금하세요? 제가 아는 대로 말해 드릴게요."

카시아스도 티아라와 짝이 되는 것에 대해서는 받아들이기로 했다. 이건 선택의 여지가 없는 문제였기 때문이다. 하지만 일단은 너무 어색했고 알고 싶은 것도 많았다.

오늘이 아니면 또 언제 만날지 기약할 수 없는 만큼 우선은 이 세상에 대한 이야기부터 듣고 싶었다.

티아라도 카시아스의 마음을 아는지 적극적으로 나왔다.

"모든 게 궁금하오. 이 세상은 어떤 곳이고, 또 나처럼 소환되어 온 사람들은 어떻게 살아가는지."

"옆에 앉아도 될까요?"

"물론이오."

티아라는 카시아스의 눈치를 살피며 물었다. 카시아스는 순순히 허락했다. 처음 본 여인과 알몸으로 앉아 있는 것이 어색했지만 묘한 느낌이 들었다.

"후움. 잠시 기댈게요."

"크흠. 알겠소."

옆에 앉자 이번에는 카시아스의 가슴에 살며시 볼을 가져다 댔다. 카시아스는 다소 당황했지만 태연하게 받아들였다. 티를 내지는 않았지만 티아라의 볼이 가슴에 닿자 심장이 거칠게 두근거렸다.

"일단… 고마워요."

카시아스가 순순히 받아주자 티아라는 무척 안도했다.

"뭐가 그렇게 고맙소?"

"저를 존중해 주셔서요."

티아라는 카시아스의 가슴에 얼굴을 묻고는 쑥스러운 듯 말했다.

"당연히 존중해야 하는 것 아니오?"

"저는 노예예요. 노예가 된 후에는 한 번도 존중받지 못하고 살아왔어요."

"어쩌다 노예가 된 것이오?"

"팔려왔어요. 대신 가족의 생계를 지켜주었으니 후회는 없답니다."

"그렇구려."

티아라의 이야기에 왠지 안쓰러웠다. 가족들을 위해 모든 걸 희생한 셈이다.

카시아스는 티아라의 어깨를 부드럽게 감싸주었다.

"당신 같은 분을 만나다니 행운이네요."

티아라는 카시아스의 품에 더욱 파고들었다.

"나 역시 노예일 뿐인데 무슨 행운이겠소?"

그런 티아라에게 카시아스도 점차 마음이 기울었다. 살을 맞대고 있어서인지 이제는 덜 어색했다. 그리고 티아라의 마음씀씀이나 쑥스러워하면서도 애교를 부리는 모습은 카시아스의 가슴까지도 두근거리게 만들었다.

"여자들은 가는 곳이 정해져 있어요. 보통은 허드렛일을 하거나 광산으로 끌려가요. 그중에 반반하다 싶은 사람은 술집이나 비슷한 곳으로 가죠. 그리고 처녀 중에서 워리어스의 짝을 지워줘요. 어떤 남자가 될지는 모르지요. 저도 이곳에 온 이후 짝이 될 남자를 기다려 왔어요. 제발 날 조금이라도 아껴줄 수 있는 분이 되기를 기도하고 또 기도했는데 이루어졌나 봐요."

티아라는 카시아스를 만나게 된 것을 무척이나 다행스러워했다. 워리어스들이 얼마나 거친 남자들인지 그동안 곁에서 봐오지 않았던가. 그런 남자들과 짝이 된다는 건 티아라에게는 두려움이었다.

하지만 이렇게나 점잖고 존중해 주는 사람이 영원히 함께할 동반자가 되었다는 건 티아라에게는 축복이나 다름없는 일이었다.

"이곳에 있는 동안에는 당신이 불편하지 않도록 해주겠소. 나와 함께 있을 때는 내 눈치 볼 필요 없으니 편하게 지내시오."

"이렇게 같이 있는 것만으로도 저는 편해요."

티아라는 이제 카시아스에게 완전히 몸을 맡긴 채 팔을 천천히 쓸면서 이야기했다. 티아라도 어색했던 마음이 점차 사라진 것이다. 카시아스가 자신의 짝이라는 걸 몸도 마음도 완전히 받아들였다.

"혹시… 소환된 사람들 중에 여자에 대한 소문은 들어봤소?"

"간혹 여인의 몸으로 소환된 자들이 있다고 들었어요."

"그들은 어디로 가는지 아시오? 설마 여인들도 워리어스로 만드는 것이오?"

티아라가 뭔가 들은 이야기가 있지 않을까 카시아스는 다소 흥분하며 물었다. 개미굴 노인에게 진 빚을 갚을 수 있는 기회가 오기만을 바랐다.

"워리어스가 되는 여인들도 있는 것으로 알아요. 그리고 간혹 전혀 엉뚱한 여인들이 소환되는 경우도 있는 것 같아요."

티아라는 자신이 들은 이야기들을 말해주었다.

"엉뚱한 여인이라면……."

"워리어스에 적합하지 않은 그런 보통의 여인들이오."
"그런 여인들이라면 개미굴에서 살아남지 못할 것이오."
"보통은 그렇지만 다른 경우도 있어요."
"그게 무슨 말이오?"

카시아스의 눈이 부릅떠졌다. 무공을 익히지 않은 여인이 개미굴을 살아서 나갈 수 있는 길이 있다면 자신이 찾는 여인 역시도 살아 있을 가능성이 높았기 때문이다.

노인이 모셨던 아르샤 공주가 어딘가에 살아 있을 수도 있는 것이다. 노인에게 목숨의 빚이 있는 카시아스에게는 공주의 생사 여부가 무엇보다 중요했다.

그녀를 구하기 위해서라면 어떤 위험이라도 감수할 각오였다.

"아주 드문 경우인데, 소환된 자들이 모두 죽는 경우가 있다고 해요. 만일 운 좋게 혼자 살아남았다면 어딘가로 팔려가지 않겠어요?"

"그런 경우가 있소?"

티아라의 이야기는 카시아스에게 더 큰 희망을 주었다. 공주가 마법사라지만 이곳에서는 뭔가 마나를 제약하는 도구들이 있지 않은가. 공주가 마법을 사용해서 살아남는 건 쉽지 않아 보였다.

그렇다면 티아라의 말처럼 아주 운 좋게 혼자만 살아남아 다른 곳으로 팔려가는 것이다. 작은 가능성이지만 불가능한 일은 아니었다.

"그건 모르겠어요. 하지만 간혹 소환된 자들이 죽어서 오는 경우가 있다는 소문은 들었어요. 그리고 여인들은 워리어스가 아니라 해도 팔릴 곳은 많지요."

"음, 전혀 가능성이 없는 건 아니라는 말이군."

카시아스는 당장에라도 아르샤 공주를 찾아 이곳을 떠나고 싶었다.

"혹시 아는 분이……."

티아라는 걱정스레 눈치를 살폈다. 혹시 다른 여인을 마음에 둔 게 아닌지 신경이 쓰인 것이다.

"아니오. 그 개미굴이라는 곳에서 부탁받은 사람이 있어서 한번 물어본 것이오."

"그렇군요. 하지만 당신은 이곳에서 나갈 수 없을 거예요. 한 가지의 경우를 제외하고는."

티아라는 비로소 안심했지만 벌써부터 이곳을 벗어나고 싶어하는 카시아스의 모습에는 두려움부터 앞섰다.

"그게 무엇이오?"

"킹 오브 워리어스가 되는 거예요."

"킹 오브 워리어스?"

카시아스는 고개를 갸웃했다. 전혀 처음 들어본 말이었기 때문이다. 무엇보다 워리어스에게 완전한 자유가 주어진다는 말은 어디서도 들은 일이 없었다. 심지어는 샤막에게도.

벨포스처럼 한정된 자유만 주어져도 엄청난 일인데 그런 완전한 자유인으로 과연 풀어줄지에 대해서는 별로 믿음이 가질 않았다.

"매년 최강의 워리어스를 선출해요. 그리고 시민들의 뜻에 따라 자유가 주어지기도 하거든요."

"그런 자가 실제로 있소?"

카시아스는 반신반의하며 물었다. 소환수들의 목숨을 하찮게 여기는 자들이 과연 그런 자유를 허락할지 선뜻 믿기 어려운 것이다.

"네. 워리어스 사이에서는 유명하죠. 아니, 모두가 알고 있어요. 최근에 킹 오브 워리어스의 칭호를 얻어 자유인이 된 이스마엘은 시민들 사이에서도 영웅으로 불리죠."

티아라는 다소 들떠서는 시민들의 영웅 이스마엘에 대해 이야기를 시작했다. 이토록 구체적으로 말하는 것으로 보아 실제로 그런 인물이 존재했다는 것을 알 수 있었다.

카시아스도 킹 오브 워리어스라는 것이 실제 가능하다는 쪽으로 마음이 기울었다. 그것만으로도 큰 희망이 생긴 것이다.

"대회는 언제 열리는 것이오?"

"몇 달 안 남았어요. 하지만 당신에겐 아직 무리예요."

티이라는 고개를 저었다. 아직 워리어스도 되지 못한 카시아스에게는 절대적으로 시간이 부족했기 때문이다.

"내 힘을 되찾기만 한다면 문제없소."

하지만 카시아스는 자신만만했다. 설령 부족하더라도 해야만 했다. 마음의 빚을 갚고 복수하기 위해서라도 킹 오브 워리어스가 되어 자유를 찾아야 했다.

"당신은… 떠나려고 하는군요."

티아라는 카시아스의 마음이 이미 이곳에 없다는 것을 눈치챘다. 카시아스의 강한 의지는 티아라에게도 전해졌다.

"난 이곳에 오래 머물 생각이 없소. 그리고… 노예로 살아갈 생각도 전혀 없소."

카시아스는 자신의 의지를 분명히 밝혔다. 워리어스라는 칭호에 부여되는 의미 따위는 카시아스에게 아무런 가치도 없었다.

"당신의 의지라면 가능할 거예요. 하지만 절대로… 눈치채지 않게 하세요. 설령 동료한테도. 워리어스로서의 삶은 생각하는 것보다 잔인하답니다. 저는 짧은 시간이지만 그런 광경을 봐왔거든요."

"걱정해 줘서 고맙소."

티이라는 이미 각오가 서 있는 카시아스를 말리지는 않았다. 말려봐야 마음을 돌릴 리가 없다는 것을 알기 때문이다. 그저 카시아스가 그로 인해 해를 당하지 않기만을 바랐다.

"만일 이곳에서 떠나시게 되면… 저도 데려가 주세요."

티아라는 다시금 카시아스의 가슴에 얼굴을 파묻고는 떨리는 목소리로 말했다.

"당신을? 안전을 보장할 수 없는 여정이 될 것이오. 매일 고달플 수도 있소."

카시아스는 선뜻 받아줄 수가 없었다. 자신도 무사할지 장담할 수 없는데 티아라마저 궁지에 몰아넣을 수는 없는 일이다.

"노예보다는 낫겠지요. 그리고… 저는 당신의 짝이에요. 항상 함께 있을래요."

티아라는 더욱 강하게 의사를 표현했다.

"이곳을 떠나게 되면… 데려가리다."

카시아스에게도 티아라의 간절한 마음은 전해졌다. 더 이상 반대할 이유는 없었다. 노예로 무미건조한 삶을 살지 다소 위험하지만 자유를 누릴지는 선택의 문제일 뿐이다.

"고마워요, 카시아스."

"저… 저기…….."

카시아스가 수락하자 티아라는 기뻤는지 카시아스를 힘껏 끌어안으며 얼굴을 비볐다. 카시아스는 당황하며 얼굴이 붉어졌다.

"거부하지 말아요. 네가 당신의 여자라는 걸 확인하고 싶어요."

"으음."

카시아스도 더는 티아라의 손길을 거부하지 않았다.

WARRI⚔RS

"모두 정렬!"

처처처처척!

해가 중천에 떠올랐을 무렵 훈련장에는 워리어스들이 집합해 있었다. 평소라면 이른 아침부터 훈련이 시작되었겠지만 간밤에는 특별한 자유가 주어졌기에 늦게까지 단잠을 잘 수 있었다.

"모두 간밤에 충분히 즐겼나?"

마스터 벨포스는 워리어스들을 향해 기분 좋게 물었다. 그 역시도 간밤에 충분히 즐거운 시간을 보냈기 때문이다.

"즐기다뿐입니까? 아주 죽여줬지요."

"젠장. 난 간만이라 그런지 이놈이 낯을 가리는 통에. 쩝."

"벌써 고장난겨?"

"하하하하!"

워리어스들의 표정도 한결 밝았다. 워리어스라는 칭호 외에도 이들에게 가장 소중한 건 뭐니 뭐니 해도 짝이 아닌가.

자주 볼 수도 없고 오직 목숨을 건 사투 끝에 살아남았을 때에만 함께할 수 있는 존재들. 그런 만큼 서로에 대한 각별한 정은 더욱 애틋한지도 모른다.

"가주님께서 특별히 은혜를 베풀어주셨으니 너희들도 그 보답을 해야겠지?"

"물론입니다."

"당연한 말씀."

벨포스의 외침에 워리어스들도 힘차게 대답했다. 오늘은 그 어느 때보다 사기가 충만해 보였다.

"오늘은 신참들을 테스트해 보려고 하니 너희들은 알아서 훈련하도록. 게으름 피우지 말고."

"마스터, 우리가 테스트해 보는 게 낫지 않겠습니까?"

벨포스는 직접 신참들을 테스트하려 했지만 테일러는 다른 제안을 했다. 테일러는 소환수들의 리더였다.

"나쁠 건 없지만 자칫 잘못되기라도 하면 가주님께서 언짢

아하실 것이다."

벨포스도 테일러의 제안이 나쁘지는 않았지만 잘못될 경우를 생각하지 않을 수 없었다.

"잘못되기야 하겠습니까? 일단 맡겨보시지요."

투견들의 리더인 야콥도 테일러의 의견에 동조하고 나섰다. 이 둘의 의견이 일치하는 경우는 거의 드물었지만.

"워리어스들이 직접 테스트해 보는 게 나을지도 모르겠군. 좋다. 테일러! 야콥! 너희들이 알아서 테스트해라! 난 지켜보겠다!"

"알겠습니다."

"그러지요."

벨포스는 결국 테일러와 야콥의 의견에 따르기로 했다. 아무래도 실전 감각 측면에서 본다면 언제나 죽음을 곁에 두고 지내는 워리어스들이 제격이었다.

테스트라는 것도 단순한 실력을 보는 것 외에 과연 콜로세움에서 살아남을 만한 근성이나 그 밖의 특별한 재능이 있는지를 알아보는 것이 아닌가.

"우리가 먼저 하지."

"그러든가."

테일러의 제안에 야콥은 순순히 응했다. 신참은 셋이었고, 누가 먼저 하든 상관없었기 때문이다.

"거기 너! 투견!"

"나 말이오?"

테일러는 샤막을 가리켰다. 샤막의 얼굴이 찌푸려졌다. 다짜고짜 투견이라 불리는 건 기분 좋은 일이 아니었다.

"그래! 너! 앞으로 나와라!"

테일러는 같은 소환수가 아닌 투견을 지목했다. 그건 사정을 봐주지 않겠다는 의미이기도 했다.

"샤막! 다치지 마라!"

"잘 싸우드라고!"

"나도 한 싸움 했었거든? 걱정 마라!"

카시아스와 로베르토는 시작부터 거칠어지는 분위기에 다소 걱정스러웠다. 테스트를 빙자한 일방적인 구타가 될 수도 있었기 때문이다. 하지만 샤막은 자신만만해 보였다.

"기사 출신이라고?"

"그렇소."

샤막은 기분이 상했지만 티를 내지는 않았다. 어차피 워리어스들이야 거친 자들이고 말투 하나하나까지 신경 쓴다면 이곳에서 생활하는 건 더욱 힘들어지기 때문이다.

"그럼 검깨나 휘둘렀겠군."

"뭐 검이라면 자신있소."

"그럼 검으로 할 텐가?"

"괜찮다면."

휘이이익!

처어억!

테일러는 샤막에게 검을 던져 주었다.

"세스크! 네가 상대해라!"

"오랜만에 좀 놀아볼까?"

테일러가 지목하자 세스크는 어깨를 휘돌리며 천천히 걸어나왔다. 긴장감이라고는 찾아볼 수 없었다. 아무리 신참이라고 해도 샤막은 기사 출신이 아닌가. 게다가 호위기사 다섯을 베고 로비우스의 팔까지 자른 실력자다.

샤막은 기사들 중에서도 수위에 올라 있었다. 이 모든 정보를 알면서도 세스크는 여유만만이었다.

"내가 비록 워리어스는 아직 안 됐지만 검이라면 주변에 적수가 없었소. 얕보지 마시오."

세스크의 여유에 기분이 상했는지 샤막은 불쾌한 감정을 드러냈다. 신참이라고 무시하는 건 받아들이겠지만 지금껏 검을 수련해 온 기사로서의 자신을 무시하는 건 용납할 수 없었기 때문이다.

그만큼 샤막도 검에 있어서는 어느 정도 자부심을 가지고 있었다.

"이 투견이 뭐라는 거야? 주변에 적수가 없었다는데?"
"크하하하!"
"이거 웃긴 놈이구만. 큭큭큭!"
 샤막의 자신만만한 대응은 오히려 워리어스들의 비웃음을 샀다. 세스크는 같잖다는 듯 샤막을 보았다.
 휙, 휘휘휘휙!
 세스크는 검을 이리저리 휘두르며 자세를 취했다. 마치 뭔가 의식을 하는 듯한 포즈였고 제법 폼이 났다. 그의 검은 보통의 검에 비해 훨씬 가늘었고, 심지어는 구부러지기까지 했다.
 여느 칼처럼 날이 서긴 했지만 저렇게 얇은 검으로 과연 벨 수 있을지 의문이 들 정도였고, 처음 접하는 이들에게는 그다지 치명적인 무기로 보이지 않았다.
 부우웅, 붕붕!
 샤막도 검을 이리저리 휘둘러 보며 몸을 풀었다. 단순한 동작이었지만 안정된 자세였다.
"그런데 테스트라면서 진검을 사용합니까?"
 샤막은 진검을 사용한다는 게 왠지 마음에 걸렸다. 가뜩이나 생과 사를 넘나드는 워리어스들이 아닌가. 이런 자들이라면 흥분도 잘하지만 한번 흥분하면 걷잡을 수가 없다는 것을 알기 때문이다.

기사들 간에도 간혹 진검 대련을 하다가 흥분해 목숨을 잃을 뻔한 경우가 허다하지 않던가.

어차피 같은 동료 간에 실수로라도 목숨을 빼앗거나 큰 부상을 입히는 건 그리 달가운 일은 아니었다.

"테스트니까 더더욱 진검을 사용해야지. 그래야 정확한 실력을 알 수 있을 테니까."

벨포스는 너무도 당연하게 대답했다.

"그러다 크게 다치기라도 하면 어떡합니까?"

샤막은 여전히 꺼려졌다. 왠지 크게 다치는 상황이 초래되면 난감했던 것이다. 샤막은 세스크에게 충분히 이길 자신이 있었다.

"어쩔 수 없지. 하지만 치명상을 당하거나 죽는 일은 없을 것이다. 지금이야 워리어스들에게 이질감이나 적대감을 가지고 있겠지만 어차피 동료가 될 자들이다. 신참인 너희들에게 그렇게까지 심하게 하지는 않는다."

벨포스는 샤막의 걱정과는 달리 대수롭지 않게 받아들였다. 워리어스들의 사정을 봐줄 것이라 믿는 듯했다.

"워리어스가 다치는 경우는 생각 안 하시는군요."

샤막의 얼굴이 찌푸려졌다. 샤막이 걱정했던 건 자신이 아니라 세스크가 크게 다치는 경우였기 때문이다.

"워리어스가? 후후, 어쩔 수 없겠지. 만일 그런 일이 생겨도 너희들을 탓하는 자들은 없을 것이다. 오히려 열렬히 환호할 것이다. 이곳에서는 강함이 곧 명예니까."

샤막의 걱정에 벨포스는 절로 웃음이 나왔다. 워리어스 최고의 덕목은 강함이 아닌가.

신참이 워리어스를 이기는 초유의 사태가 발생한다면 그 신참은 단번에 모두의 관심을 한 몸에 받게 될 것이다. 그건 소환수든 투견이든 마찬가지였다.

"워리어스들에 대한 자부심이 대단하시군요."

샤막은 일방적으로 워리어스들에게 높은 점수를 주는 것이 자존심이 상했다.

"워리어스는 그렇게 이어져 왔다. 항상 죽음을 곁에 두고 맞서왔지. 과거 아무리 대단한 실력을 지녔다고 해도 워리어스의 훈련을 받지 않은 이상 절대로 상대가 될 수 없다."

"두고 보면 알겠지요."

샤막은 이를 악물었다. 워리어스에 대한 기대가 클수록 보란 듯이 이겨 보일 생각이었다.

샤막은 처음 보는 무기를 경계하며 검을 중단으로 향했다. 어떤 식의 공격을 하더라도 막아내기 쉬운 자세다. 평소 콜로세움에서 워리어스들의 대결을 거의 구경해 본 일이 없기에 샤막에게는 생소했다.

워리어스들은 각각의 다른 세계에서 온 자들이었고, 그들의 무기 역시 다양하다.

쉬이이이잇!
"헛!"
깡, 까가가가강!
순식간에 찔러오는 검. 눈으로 쫓기도 힘들 만큼 빨랐다. 검이 얇고 휘어지기까지 하는 통에 샤막은 공격 반경 전반으로 검을 휘둘러 막는 게 고작이었다.
대부분 검이나 도가 공격하는 방향은 비슷하다. 베기 아니면 찌르기. 보통은 베기 공격 위주다.
찌르기라고 해도 공격 방향이나 각도는 충분히 짐작할 수 있다. 어떻게 공격하든 동작이 크기 때문이다.
하지만 세스크의 공격은 달랐다. 아니, 그의 검이 특이한 만큼 공격 방식도 색다를 수밖에 없었다.
샤막의 검은 마치 뱀이 공격하는 것처럼 기이한 각도로 꺾어지며 샤막의 빈틈을 노렸다.
푸우욱!
"크으윽!"
어느샌가 세스크의 검이 샤막의 왼 팔뚝을 파고들었다. 뾰족한 검끝이 살을 파고드는 건 너무도 쉬웠다.

샤막의 얼굴은 고통으로 일그러졌다.

"검에는 자신있다며?"

세스크는 찔러 넣었던 검을 회수하고는 웃으며 말했다. 깊이 찌르지는 않은 모양이다.

하지만 고통을 주기에는 충분했다. 검에 찔린 팔뚝에서 붉은 피가 흘러내렸다.

"특이한 검이오. 부딪치면 부러질 것 같은 그런 검으로 이런 공격을 하다니 놀랍소."

샤막은 세스크의 실력을 인정했다. 무기의 특성을 살리는 것 또한 실력이 아닌가.

"투견치고는 제법 예의가 바르군. 인정도 빠르고 말이야."

샤막이 순순히 인정해 주는 게 의외였는지 세스크의 말투도 다소 부드러워졌다.

"소환수든 투견이든 관심 없소."

"그 생각이 그리 오래가지는 않을걸. 그보다 아직 끝이 아니야. 기사라면 그 실력을 보여 보라고."

세스크는 샤막을 도발했다. 과연 어떤 공격을 보여줄지 흥미로운 표정이었다.

"이번엔 내가 먼저 가지."

부아아아앙!

샤막은 검을 크게 휘두르며 성큼 뛰어들었다. 하지만 동작이 커서인지 세스크는 이미 그 자리에 있지 않았다.

"이건 너무 뻔한 공격이잖아? 정말 기사 출신 맞아? 아니면 이곳의 기사들은 다 그 수준인가?"

기대와는 달리 지금의 공격은 유치할 만치 정직했다. 세스크는 실망감을 감추지 못했다.

"끝이 아니오."

쉬시시시시싯!

순간 샤막의 검이 빨라졌다. 처음의 공격이 큰 동작이었다면 이번에는 힘보다는 스피드를 살린 공격이다. 그의 검이 놀라운 속도로 변화하며 세스크의 사방을 에워쌌다.

까가가가강!

세스크는 검면을 살짝살짝 비켜 치며 샤막의 공격을 모두 흘러보냈다. 힘으로 부딪친다면 얇은 검이 부러졌겠지만 세스크는 교묘하게 공격의 방향을 바꿔 버렸다.

"호오, 그래도 제법 기술은 있군."

이번 공격은 제법 수준이 있었는지 세스크도 조금은 놀란 듯했다. 하지만 그뿐이다. 벌써 숨을 헐떡이는 샤막에 비해 세스크는 호흡 한 점 흐트러지지 않았다.

쉬이이잇!

찌지지직!

세스크의 검이 샤막의 허벅지를 베고 지나갔다. 살가죽이

찢어지는 소리와 함께 피가 튀었다.

"크윽!"

샤막의 몸이 휘청했다. 순간 중심을 잃은 것이다.

"타핫!"

피에 흥분한 탓인지 샤막은 더욱 과격하게 검을 휘두르며 세스크를 쫓았다. 하지만 세스크의 몸놀림은 검만큼이나 민첩했다. 그는 이리저리 피해 다니며 샤막에게 거리를 주지 않았다.

쉬이이이이!

푸우욱!

"커허헉!"

세스크의 검이 샤막의 가슴에 틀어박혔다. 샤막의 얼굴이 고통으로 일그러졌다.

"여기서 조금만 더 깊이 찌르면 넌 죽는다."

세스크는 차가운 목소리로 말했다.

샤막은 움직일 수가 없었다. 가슴에서 밀려오는 고통은 죽음을 암시했다.

"그만!"

이때 마스터 벨포스가 테스트를 중단시켰다.

추아아아악!

세스크의 검이 뽑히자 샤막의 가슴에서 붉은 피가 솟구

쳤다.

"크으윽!"

털썩!

샤막은 그대로 바닥에 쓰러졌다.

"움직이지 마라!"

벨포스가 다가가 품에서 무언가를 꺼냈다. 그의 손에는 동그란 고리 모양의 팔찌 같은 게 들려 있었다.

우우우우웅!

고리에서 밝은 빛이 나오며 낮게 울기 시작했다. 그러자 놀라운 일이 벌어졌다.

"저, 저게 뭐시여?"

"어떻게……."

로베르토와 카시아스의 눈이 부릅떠졌다. 무척이나 놀란 듯했다.

"대체 어떻게 된 겁니까? 설마 그것은……."

샤막 역시도 믿기지 않는 듯했다. 지금까지의 고통이 씻은 듯 사라진 것이다. 더욱이 세스크의 검에 당한 상처도 말끔히 아물었다.

"자네도 알고 있을 텐데?"

"진짜 존재하는군요. 그저 소문인 줄만 알았는데 말입니다."

벨포스의 물음에 샤막은 막혀 있던 머릿속이 뻥 뚫리는 느낌이 들었다. 입에서 입으로 전해지던 존재. 샤막은 지금 이곳에서 처음 그것을 접한 것이다.

"존재한다네. 많지는 않지만. 꽤나 귀한 물건이지. 아마 대륙을 통틀어도 그리 많지는 않을 것이다. 가주님께서 너희들을 위해 특별히 마련하신 것이지."

"마스터, 대체 그게 무엇입니까? 어떻게 한순간에 상처가 나을 수 있습니까?"

카시아스도 이번에는 무척이나 크게 놀랐다. 어떻게 그 깊던 상처가 순식간에 아문단 말인가.

"이건 치유의 돌이라고 고대로부터 남겨진 유산이다. 지금은 만들 수도 없는 물건이지. 치유의 돌은 어떤 상처든 낫게 할 수 있는 힘을 가지고 있다."

벨포스는 치유의 돌에 대해서 간략하게 말해주었다. 치유의 돌은 소환진 아니타처럼 고대 마법이 남긴 유물인 것이다.

"죽은 사람도 살릴 수 있습니까?"

"죽은 자와 병든 자는 고칠 수 없다. 인위적인 상처만 치료할 수 있다. 가령 지금의 대결처럼."

카시아스는 혹시나 하고 물었지만 대답은 역시나였다. 죽은 사람마저 살린다면 그건 신의 영역이었다.

"마법이라는 것이군요."

"잘 알고 있군. 그쪽 세상에서도 이런 마법이 존재했나?"

"아닙니다. 개미굴에서 들었습니다."

"그렇군. 봐서 알겠지만 테스트 도중에 죽을 일은 없을 것이다. 그러니 마음 놓고 임하도록."

"알겠습니다."

카시아스 역시 샤막처럼 진검으로 테스트하는 게 마음에 걸렸는데 이제는 그 진의를 이해할 수 있었다.

즉사해 버리지 않는 이상은 다치거나 죽을 일 따위는 처음부터 없었던 것이다.

"그럼 다음은 로베르토! 앞으로 나와라!"

이번에는 로베르토 차례였다.

"워메! 뒈질 일 없으니께 갑자기 힘이 솟는구마이."

"로이! 나서라!"

로베르토는 자신만만한 모습으로 나섰다. 워리어스 중에서는 소환수 로이가 나왔다.

"네놈은 비검이라고? 칼을 날리고 나면 뭘로 싸우지? 이빨로 물어뜯을 건가?"

로이는 로베르토의 특기가 비검이라고 하자 바로 조롱하듯 놀리기 시작했다.

"일단 피한 다음에 말하드라고!"

"훗. 좋을 대로."

붕붕붕붕붕!

로이는 긴 창을 자유자재로 휘둘렀다. 얼마나 빨리 휘두르는지 잔상이 남을 정도였다. 이런 속도라면 로베르토의 비검이 뚫고 들어갈 틈은 없어 보였다.

WARRIORS

오로도스가(家).

"젠장할! 그 너구리 같은 놈에게 빼앗기다니!"

막시무스 가주는 성을 참지 못하고는 방방 뛰었다. 눈독을 들이던 물건을 샤갈이 낚아챈 것이다.

"교활한 자입니다. 개미굴 소장을 미리 구워삶다니 말입니다. 그렇게 손을 써뒀을 줄이야."

총관 맥커리도 샤갈을 욕하며 분개했다. 이번엔 개미굴에 제법 탐나는 물건들이 있지 않았던가. 하지만 막시무스는 단 하나도 건지지 못한 것이다.

"본래 그런 놈이다. 이득을 취하는 데 있어서는 철저하지."

막시무스는 이를 갈았다. 하지만 방법이 없었다.

"그런데 왜 그렇게 그자들에게 집착하십니까? 투견은 그렇다 쳐도 소환수는 그리 뛰어나 보이지는 않았는데 말입니다."

맥커리는 막시무스가 유독 두 명의 소환수에게 집착하는 이유에 대해서 물었다. 맥커리의 눈에는 사실 그들이 그리 뛰어나 보이지는 않았기 때문이다.

샤갈 가주는 엄청난 거액을 지불했지만 과연 그만큼의 가치가 있는지 맥커리로서는 다소 의문이었다.

"자넨 콜로세움에서 시민들의 관심을 끌기 위한 요소가 무엇인지 아나?"

"강한 자가 당연히 시민들의 관심을 받지 않겠습니까?"

막시무스의 물음에 맥커리는 당연하단 듯 대답했다. 콜레세움은 강한 자를 가리는 곳이 아닌가. 당연히 강함만이 존중받는 곳이다.

"물론 강해야 하지. 하지만 단지 강하다는 것만으로는 시민들의 마음을 움직일 수 없다. 지금껏 강한 워리어스들은 숱하게 배출되었으니까. 이제는 강함 그 자체만으로는 아무런 자극이 되지 않는단 말이다. 좀 더 시민들의 관심을 자극할

게 필요한 것이지."

막시무스는 고개를 저었다. 강함은 반드시 필요하지만 하나의 전제가 될 뿐이다.

강함 외에 또 다른 것이 필요했다. 때에 따라서는 냉정하리만치 차가운 시민들의 마음에 불을 지펴줄 그런 자극을 줄 수 있는 무언가가 필요한 것이다.

"그럼 이번 물건들은 그런 관심을 받을 만한 무엇이 있었다는 말씀입니까?"

맥커리는 여전히 의문이었다. 시민들이 열렬히 지지할 만큼 특별한 재능을 발견하지 못한 탓이다.

"그렇지. 잘만 키우면 콜로세움을 뜨겁게 달굴 만큼 훌륭한 재료들이었단 말이다."

"저는 잘 이해가……."

막시무스는 확신하고 있었지만 맥커리는 여전히 그들의 가치를 높게 보지 않았다.

"우선 투견에 대해서 말해볼까?"

"예."

"그자가 무슨 죄를 저질렀나?"

"로비우스의 팔을 자른 자가 아닙니까?"

아마도 샤막에 대한 이야기를 하는 듯했다. 샤갈의 농간만 아니었다면 지금쯤 샤막은 이곳에 있을 것이다. 샤갈은 개미

교활한 너구리 167

굴 관리소장인 페이수스에게 거액의 뇌물을 주고 샤막을 챙겨온 것이다.

막시무스는 흥정할 기회마저도 잃은 셈이다.

"맞아. 노예상인 로비우스. 시민들 사이에서도 그 악명이 이름 높지. 결코 달가운 인물이 아니니까."

"그야 그렇지만 로비우스 같은 자들이 없다면 당장 노예들을 사고파는 데 어려움이 있지 않습니까?"

"물론이다. 로비우스 같은 버러지들은 필요하다. 하지만 달갑지는 않은 자. 그런 자의 팔을 베어버렸다. 그것도 장래가 촉망되는 기사. 어때? 뭔가 좀 감이 오나?"

막시무스는 노예상인 로비우스와 기사 샤막의 스토리라인을 보다 자극적으로 설정했다. 둘의 대립만으로도 뭔가 그림이 나오지 않는가.

노예들에게는 당연하지만 시민들이나 귀족들에게도 그다지 좋은 평을 받지 못하는 로비우스에게 복수하는 기사.

그러한 설정만으로도 시민들은 열광할 수 있었다.

"조금은 알 것 같습니다. 극적인 상황을 연출한다면 시민들의 관심이 집중될 만한 소재입니다."

맥커리도 막시무스가 샤막에게 집착하는 이유가 조금은 납득이 되었다. 어떤 극적인 요소와 함께 샤막이라는 인물에 대한 기대치가 충분히 올라갈 가능성이 있었기 때문이다.

"바로 그것이다. 로비우스는 특기인 고리대금을 이용해 멀쩡한 시민이었던 한 여인을 노예로 만들었다. 그리고 겁탈한다. 노리개처럼 밤낮으로 가지고 노는 것이지. 그런데 알고 보니 그 여인은 한 기사가 사랑하는 여인이었다. 기사는 모든 걸 팽개치고 로비우스에게 복수하기 위해 검 한 자루만을 의지해 달려든다. 캬아아! 기막히지 않나?"

막시무스는 마치 본 것처럼 한 편의 소설을 써내려 갔다. 물론 이것은 사실이다.

로비우스는 마음에 드는 여인을 발견하고는 그 여인을 차지하기 위해 수작을 부린 것이다. 그의 가족을 빚더미에 나앉게 만들어 여인을 취한 것이다.

그 여인이 샤막의 여인이었다는 게 운이 없었지만 결과적으로 샤막은 그러한 극적인 장면의 주인공이 되어버린 셈이다. 누구라도 흥미를 가질 수밖에 없는 사연이 아닌가.

"과연 그렇습니다. 그런 스토리라면 당장에 시민들 사이에서 화제가 될 것입니다."

맥커리도 맞장구를 쳤다. 내용 자체만으로도 충분히 장사가 될 법한 이야깃거리였다.

"아무리 생각해도 좋은 기회를 놓쳤어. 내가 가져왔다면 더 찐하고 자극적인 스토리를 덧붙였을 텐데 말이야."

막시무스는 두고두고 샤막을 잃은 것이 아쉬웠다. 샤막이 더 빛을 발하려면 샤갈보다는 자신에게 왔어야 했다. 막시무스는 그렇게 믿고 있었다.

"클라니우스의 가주는 그런 상황을 모두 감안해 데려간 것일까요?"

"너구리 같은 놈이 그런 계산도 없이 그런 기금을 줬을 리가 없지. 이미 계획하고 있을 것이다."

"과연 교활하군요."

막시무스는 샤갈에 대해서 무척 잘 알고 있었다. 그와 평생을 경쟁하며 살았으니 당연한 일이다.

겉으로야 점잔을 빼지만 그는 원하는 걸 얻기 위해 무척이나 치밀하고 철두철미했다.

오로도스 가문이 클라니우스 가문 때문에 패한 대회가 어디 한둘이던가. 물론 삼 년 전부터는 오로도스 가문이 승승장구하며 클라니우스 가문을 격파한 일이 여러 차례 있지만 아직도 조금은 밀리는 감이 있는 게 사실이다.

"제 아비는 워리어스 양성에만 몰두했는데 샤갈 그놈은 오직 돈벌이에만 눈이 멀었지."

막시무스는 샤갈의 교활함에 치를 떨었다. 그는 명예보다는 탐욕스러운 자라는 걸 누구보다 잘 알고 있었다.

"그럼 소환수는 어떤 가치가 있는지요?"

맥커리는 샤막 외에 막시무스가 탐냈던 소환수에 대해 물었다. 그는 바로 카시아스였다. 카시아스 역시 막시무스가 무척이나 얻고자 했던 물건이었다.

"개미굴 붙박이 노인네를 잊었나?"

"아, 그 노인 말씀이군요. 결국 그자에게 당하지 않았습니까?"

"당한 게 아니지. 당해준 것이다."

막시무스는 노인과 카시아스의 관계에 대해서 제법 정확하게 파악하고 있었다.

경기를 지켜보던 많은 이들이 카시아스의 승리로 생각했지만 막시무스만은 달랐던 것이다.

"그렇다고는 해도… 결과적으로는 노인이 죽었으니 별 의미가 없지 않습니까?"

맥커리는 아직도 카시아스가 어떤 가치가 있는지 감이 오질 않았다. 이런 쪽으로는 그다지 재능이 없는 듯했다.

"이미 개미굴의 붙박이노인에 대해서는 시민들 사이에서도 소문이 상당히 퍼져 있다. 살아남기 위해 숱한 소환수들을 죽이고 또 죽이며 살아남았지. 그런데 그런 독종이 목숨을 양보했다? 과연 어떤 사연으로 그랬을까?"

막시무스는 마치 이야기꾼이 이야기를 들려주듯 붙박이노인의 이야기를 풀어 나갔다.

"으음. 저도 상당히 궁금하군요. 숱하게 개미굴의 소환수들을 죽여가며 살아남았던 자가 아닙니까? 그런데 순순히 목을 내주다니 의외이긴 했습니다."

맥커리도 듣고 보니 그 이유가 더욱 궁금해졌다. 그 독종이 왜 그런 선택을 한 것일까. 붙박이노인에 대해서 아는 자라면 누구든 그 이유가 궁금할 수밖에 없었다.

"나도 그 이유가 궁금하더군. 하물며 시민들은 어떻겠나?"

막시무스는 적절하게 비유를 하며 되물었다.

"과연 그렇습니다. 기사의 사연만큼이나 그자의 사연 역시도 관심이 쏠릴 만합니다."

그제야 맥커리도 막시무스가 말하고자 하는 의도를 정확히 이해했다. 붙박이노인과 카시아스의 관계에 대한 궁금증은 곧 관심으로 이어질 것이고, 그런 카시아스가 활약을 펼친다면 단번에 유명인사가 될 것이 아닌가.

과연 흥행 쪽으로는 제법 안목이 있는 막시무스였다.

"그것들을 제대로 다듬어 콜로세움에 세우기만 한다면 그 야말로 돈방석에 앉는 것이다. 돈이 문제가 아니지. 시민들의 지지는 곧 권력이 아닌가? 명실공히 이곳 비잔티움의 실세가 되는 것이란 말이다."

막시무스는 생각할수록 아쉬웠다. 샤막과 카시아스 이 둘을 얻었다면 단번에 판세를 뒤집을 발판이 마련되는데 시도도 해보지 못하고 빼앗긴 것이다.

"으음, 듣고 보니 그자들을 사오지 못한 건 큰 한이 될 것 같습니다. 만일 클라니우스의 가주가 그들을 상품화시키는 데 성공한다면 가주님께는 큰 위협이 아닐 수 없습니다."

맥커리는 샤갈 가주의 치밀함에 혀를 내둘렀다. 이런 생각을 한 막시무스도 대단했지만 미리 선수를 친 샤갈 가주는 더 영악하다고밖에 볼 수 없었다.

기껏 클라니우스 가문을 따라잡고 있는 오로도스 가문이 다시금 추락할 수도 있는 상황이다.

"바로 그렇다. 샤갈 그놈으로 인해 우리 막시무스 가문은 문을 닫게 될지도 모르는 일이란 말이다."

막시무스의 언성이 높아졌다. 단순히 물건을 빼앗긴 게 문제가 아니다. 그들의 가치는 가문의 성쇠가 걸려 있을 만큼 큰 파급효과를 가져올 수 있었기 때문이다.

"이제 어떻게 합니까? 클라니우스의 가주가 그자들을 내어줄 리는 없지 않습니까?"

모든 사정을 알고 나자 총관 맥커리는 조바심에 안절부절 못했다. 가문의 위기 상황이 아닌가.

"샤갈 그놈이 내어주게 만들어야지. 만일 내어주지 않는다면… 망가뜨릴 수밖에."

막시무스는 단단히 별렀다. 내 것이 될 수 없다면 남의 것도 될 수 없게 만들면 되는 것이다.

교활한 너구리 173

"망가뜨리다니요?"

"내가 쓸 수 없는 물건이라면 다른 자도 쓸 수 없어야 하는 것 아닌가? 내 말이 틀리나?"

"지극히 옳은 말씀입니다."

매커리의 입고리가 살짝 올라갔다. 얻을 수는 없지만 망가뜨리는 건 그다지 어렵지 않았다. 콜로세움은 생과 사가 언제나 함께하지 않는가. 그곳에서는 그 어떤 일이라도 벌어질 수 있는 것이다.

"한동안 바빠지겠군."

"준비하겠습니다."

막시무스는 클라니우스 가문을 무너뜨리기 위해 하나하나 착실히 준비하고 있었다.

*   *   *

로비우스의 저택.

"상주님! 상주님!"

총관 예르크가 허겁지겁 달려왔다.

"뭔데 그리 호들갑이야?"

로비우스는 짜증 섞인 목소리로 나무랐다. 가뜩이나 팔 하나가 없어 항상 짜증이 나 있는데 총관까지 한몫하고 있었다.

"샤막 그자가……."

"그놈 얘기는 또 뭣하러 해? 아직도 여기가 욱신거려. 이제 아무것도 없는데 말이야. 그 새끼! 내가 직접 처리했어야 하는데."

샤막 얘기가 나오자 로비우스의 얼굴이 일그러졌다. 이 모든 일의 원흉은 다름 아닌 샤막이었다.

샤막에게 당한 후로 로비우스는 한시도 편히 잔 적이 없었다. 어깨 밑으로 있어야 할 팔이 없이 그저 휑한 모습만 봐도 피가 거꾸로 솟고 가슴이 터질 것 같았다.

"죄송합니다. 하필 그때 제가 자리를 비우는 바람에……."

옆에 서 있던 호위기사단장 클라크는 곤혹스러운 표정으로 머리를 숙였다. 노예 상인인 만큼 언제나 위험이 도사리고 있었기에 로비우스는 항상 클라크를 대동하고 다닌다.

잠자리에 드는 시간 외에는 언제나 클라크와 함께한다고 보면 될 것이다. 그런데 하필 샤막이 쳐들어온 날만 클라크가 함께 있지 않았고, 그 결과 이렇게 왼팔을 잃게 된 것이다.

"되었다. 내 심부름을 하고 있었으니 어쩔 수 없지. 그런데 그 새끼 얘기는 왜 꺼낸 거야?"

로비우스는 클라크를 나무랄 수도 없었다. 그가 자리를 비운 이유가 자신 때문인 것이다. 샤막 이야기만 나오면 신경이 곤두서는 이유도 그 때문이다. 한마디로 재수가 없었던 것이다.

클라크만 있었어도 오히려 당하는 건 샤막이었을 것이다.

"샤막이 살아 있다고 합니다."

"뭐, 뭐야? 그 새끼는 사형 선고를 받고 처형된 것 아니었어? 어떻게 처형된 놈이 살아 있어?"

예르크의 보고에 로비우스의 얼굴이 똥 씹은 것처럼 구겨졌다. 이미 사형된 것으로 알고 있었기 때문이다. 분명 사형 선고를 받고 형 집행 날짜까지도 받았는데 어찌 살아 있을 수 있단 말인가.

"그게… 개미굴로 보내졌다고 합니다."

예르크는 조심스레 샤막에게 있었던 일을 이야기했다.

"뭐, 뭐야? 그럼 그 소문이 진짜였단 말야? 이런 젠장! 그저 헛소문인 줄 알았더니."

로비우스는 샤막에게 신경을 쓰지 않은 게 한없이 후회스러웠다. 조금만 신경 썼어도 샤막을 사형시킬 수 있었는데 몇 번을 죽여도 시원찮을 놈이 살아 있다는 건 미칠 노릇이었다.

"그렇습니다. 항간에는 상주님께서 개미굴로 보내셨다는 소문도 있지 않았습니까?"

"내가 미쳤다고 그 새끼를 살려 보내? 그냥 죽이는 게 억울해서 개미굴에 실컷 굴렸으면 좋겠다고 농담 삼아 한마디… 설마……."

로비우스는 말하다 말고는 헛바람을 삼켰다. 왜 샤막이 소환수도 아닌데 개미굴로 보내졌는지 감이 온 것이다. 결국 자신에게 그 책임이 있었다.

아무 의미 없이 한 농담이 이런 결과를 초래한 것이다.

"아무래도 그리된 것 같습니다."

"그냥 농담 삼아 한마디 한 건데 정말 보내 버렸단 말야?"

로비우스는 기가 막혔다. 어찌 농담과 진담도 구별하지 못한단 말인가.

"퀸투스님과는 막역한 사이가 아니십니까? 아마도 퀸투스님께서는 샤막 그자가 곱게 죽지 못하도록 조치를 취한 것 같습니다."

예르크는 퀸투스의 작품으로 생각했다. 퀸투스는 가장 권위있는 재판관으로 로비우스와는 공생관계였다.

로비우스는 막대한 뇌물을 제공하고, 노예를 사고파는 데 있어 발생하는 문제들은 퀸투스가 덮어준다.

로비우스가 비잔티움 제일의 노예상인이 된 것도 퀸투스의 도움이 컸던 것이다.

"으음, 그럴지도 모르겠군. 그런데 샤막 그 새끼가 개미굴에서도 살아서 돌아왔단 말이지?"

"그런 것 같습니다."

"질긴 새끼. 당시에도 치안대에서 오지만 않았다면 내 손에 뒤졌을 텐데. 끝까지 해보자는 거군."

로비우스 고개를 절레절레 흔들었다. 개미굴이 어떤 곳인가. 그곳은 지옥이나 다름없는 곳이다.

소환수들도 오직 한 명만이 살아남는 곳. 그런 곳에 보냈는데도 살아왔다는 건 질기다는 말 외에는 달리 표현할 길이 없었다.

"독한 놈인 건 확실합니다. 당시에 그렇게 큰 부상을 당하고도 끝까지 상주님께……."

"그 얘기는 그만."

"죄송합니다."

팔을 잃을 때의 이야기가 나오자 로비우스는 얼른 제지시켰다. 그날의 일을 떠올리는 자체가 로비우스에게는 참지 못할 치욕이자 고통이었기 때문이다.

"샤막 그 새끼를 데려간 곳이 어디야?"

"클라니우스 가문입니다."

"샤갈?"

"그렇습니다."

"으음, 골치 아프겠는데? 샤갈 그자의 혀는 뱀처럼 교활하다고 하지. 또한 그자의 술수는 그림자처럼 은밀하다고 한다. 샤갈이 데리고 있다면 만만치 않아."

당장에라도 달려가 때려죽이려 했던 로비우스는 절로 신

음성이 흘러나왔다.

그저 그런 양성소의 가주라면 몰라도 샤갈은 급이 달랐다. 아무리 여기저기 연줄이 많은 로비우스라고 해도 샤갈을 건드리는 건 쉽지 않은 일이다.

샤갈 역시 연줄이 많았고 오히려 자신을 넘어설 수도 있다. 콜로세움에 선다는 건 적어도 비잔티움 시의 실세들과는 밀접한 관계가 있다는 걸 의미하기 때문이다.

"오히려 잘된 일인지도 모릅니다. 샤갈은 명예보다는 돈을 밝히는 인물이 아닙니까? 비싼 값을 치르더라도 샤막 그자를 사오는 게 어떻겠습니까?"

맥커리는 다른 제안을 했다. 샤갈을 상대할 수 없다면 로비우스의 강점인 돈으로 해결하면 되는 것이다.

"단순히 돈만 밝히는 위인이 아니야. 그자의 야심은 끝이 없지. 내가 아무리 많은 액수를 제시해도 팔지 않을 것이다. 이익을 명예로 교묘하게 포장하는 데는 도가 튼 놈이니까."

로비우스는 샤갈에 대해서 꽤나 정확히 파악하고 있었다. 노예상인이라는 게 노예들을 사고팔기도 하지만 여기저기 연줄을 통해 정보를 사고팔기도 한다.

최대 규모의 노예상인 로비우스가 비잔티움에서 가장 유명세를 타는 클라니우스 가문에 대해서 조사하지 않았을 리가 없는 것이다.

"일단 거래라도 넣어보시지요. 안 되면 그때 가서 다른 방법을 찾아보실 수도 있지 않습니까?"

"샤갈 그놈은 응할 놈이 아니다. 하지만 방법이 없는 건 아니지. 가까이 와라."

로비우스는 무언가를 은밀히 지시했다.

"즉시 연통을 넣고 자리를 마련하겠습니다."

로비우스는 샤막을 처리할 생각을 하니 한결 마음이 가벼워졌다.

"그리고 선물은 두둑이 챙기도록."

"두둑이라 함은 어느 정도를……."

"거절할 수 없을 만큼 말이야. 선물이 아까워서라도. 알아듣겠지?"

"예, 상주님."

맥커리는 로비우스가 생각하는 바를 정확히 이해했다. 절대 빠져나갈 수 없는 덫을 놓게 될 것이다.

"오로도스 가문에도 보내놔."

"알겠습니다."

로비우스는 일을 성사시키기 위해 이중삼중으로 조치를 마련하도록 했다.

오로도스 가문에서 도와주기만 한다면 일은 한결 수월해질 것이다. 아니면 오로도스 가문에 막대한 자금 지원을 약속할 수도 있었다. 돈이라면 차고 넘치기 때문이다.

"지금까지는 두 가문이 팽팽하지만 상주님이 지원하신다면 단번에 무게 추가 기울 것입니다. 하지만 막시무스 그자가 과연 상주님의 손을 잡겠습니까?"

맥커리는 오로도스 가문과의 협력 관계에 대해서 부정적으로 바라보았다.

"겉으로야 거절하겠지. 꼴에 명예를 추구한답시고 나 같은 노예상인들을 천하게 여기는 것들이니까. 하지만 내 힘이 필요한 건 충분히 아는 자다. 반드시 내 손을 잡게 되어 있어. 물론 주변에 알려지는 건 탐탁지 않아하겠지만."

맥커리의 걱정과 달리 로비우스는 오로도스 가문과 손잡는 것에 대해서 긍정적으로 보았다.

세상에 돈 싫다는 사람이 어디 있는가. 그것도 경쟁 가문을 넘어설 만큼 막대한 자금을 투자한다면 상대가 누구라도 떠받드는 건 당연한 일이다.

관건은 오로도스 가문에서 클라니우스 가문을 넘어서려는 의지가 얼마나 확고하느냐였다.

"오로도스가에도 조치를 취하겠습니다. 그럼 퀸투스님께는 어찌할까요?"

"조만간 자리를 만들지. 한잔하면서 상의할 것도 있고."

"바로 조치하겠습니다."

오로도스 가문에 이번에는 개미굴 관리소장까지도 끌어들이기로 했다. 양성소를 운영하는 가문에서 가장 공을 들이는 인물 중 하나는 개미굴 관리소장이다.

워리어스가 개미굴에서 공급되는 만큼 관리소장에게 밉보인다면 공급처를 잃게 되기 때문이다.

"참, 그년은 어찌하고 있나?"

"배가 상당히 불러 있습니다. 한두 달이면 출산하게 될 겁니다."

"훗. 허튼짓 못하게 잘 감시하도록. 아이가 나오면 바로 데려와라. 그년은… 매음굴에 넘겨 버려!"

"알겠습니다."

로비우스는 사악한 웃음을 지었다. 샤막이 지키려고 했던 여인. 헬렌은 샤막이 잡혀간 후 다시 로비우스에게 붙들려 감금당했다. 그 후로도 모진 고초를 겪고 이제는 매음굴에 팔릴 운명이 기다리고 있었다.

WARRIORS

한편 비검의 로베르토와 창술의 로이의 대결은 꽤나 흥미롭게 보였다. 달라도 너무나 다른 무기가 아닌가.

검을 날려 명중시키지 못한다면 로베르토는 꼼짝없이 당할 수밖에 없는 처지다.

검을 든다 해도 그보다 배는 긴 창을 상대로는 거리를 잡기가 힘들다. 하물며 맨손이라면 더욱 어려워질 수밖에 없었다.

"뭐하나? 칼을 날리는 것 아니었나?"

붕붕붕붕!

로이는 현란한 손놀림으로 창을 이리저리 돌려대며 로베

르토를 자극했다.

"걱정 말드라고. 정확히 꽂아줄 테니께."

로베르토는 자신만만했다. 비록 창이 길어 접근할 수는 없지만 그건 문제가 되지 않았다.

로베르토의 비검은 접근할 필요가 없기 때문이다. 무기의 길이만 본다면 서로 상극인 것 같지만 사실 공격할 수 있는 범위는 로베르토가 앞서 있었다.

"어서 날려봐! 기다리다 잠들겠어!"

로이는 로베르토를 완전히 무시하고 있었다. 로베르토의 비검이 자신의 창을 뚫지는 못할 것이라 확신했다.

"그렇게 원하는데 들어줘야겠구마이. 으랴압!"

쐐애애애액!

로베르토의 단검이 쏜살같이 날아갔다. 던지는 예비동작도 크지 않았고, 무엇보다 민첩했다. 느려 보이는 덩치와는 딴판이다.

까아아앙!

하지만 현란하게 휘도는 창틈을 파고들기에는 부족했다.

"호오, 생각보다는 괜찮군."

로이는 살짝 놀랐다. 단검이 날아오는 속도나 각도, 그리고 정확성이 상당했던 것이다. 그렇다 해도 자신의 창을 뚫고 올 정도는 아니었다. 로이의 창은 한 몸처럼 자유자재로 방향을 바꾸며 로베르토를 압박해 나아갔다.

"제법 잘 던졌지만 이게 끝이라면 싱거운데?"

로이의 창이 점차 로베르토 주변을 에워쌌다. 이대로라면 로베르토는 꼼짝없이 당할 판이었다.

"고작 한 개뿐이려고? 요것도 막아보드라고!"

쐐애애애액!

순식간에 단검이 쏘아졌다. 조금 전보다 더 빨랐다.

까아아앙!

이번에도 단검은 창에 막혔다. 하지만 그게 끝이 아니었다.

"헛!"

슈아아아앙!

까아아아앙!

로이는 화들짝 놀라며 창을 휘돌렸다. 단검을 막아냈다고 생각했는데 시간차를 두고 또 하나의 단검이 날아왔던 것이다. 전혀 예상하지 못했던 로이는 가까스로 쳐냈다.

잠깐의 방심으로 당할 뻔한 것이다.

"이거 놀랐는데? 이번 공격은 제법 날카로웠다. 방심하다가 한 방 먹을 뻔했어."

로이는 하마터면 단검에 당할 뻔했다. 너무 방심한 탓이다. 설마하니 또 하나의 단검이 뒤에 숨어 있을 줄 어찌 알았겠는가. 두 번째의 단검을 던질 때는 로베르토는 예비동작이 전혀 없었다. 그의 동작만으로 칼을 날리는 걸 파악하기는 힘들었던 것이다.

"내가 말했잔여. 무시하지 말드라고."

로베르토는 더욱 자신만만해졌다.

"제법 큰소리칠 만하군. 하지만 이제 어떡할 거지? 또 던질 게 남아 있나?"

로이는 로베르토의 비검 실력을 인정했지만 여전히 자신이 우위에 있다는 건 변함이 없었다. 아니, 이제는 일방적으로 압도하는 상황이었다. 로베르토에게는 더 이상의 무기가 없기 때문이다.

"내 걱정은 하지 말드라고!"

하지만 로베르토는 여전히 당당했다. 뭔가 숨겨둔 한 수가 있는 모양이다.

"좋아, 어디 있는 것 다 던져 봐. 물론 그럴 여유가 있다면 말이지. 후후."

슈아아아앙!

"워매?"

로이의 창이 눈에 보이지 않는 속도로 휘돌기 시작했다. 조금 전보다 더욱 빨랐다.

슈슈슈슈슛!

창끝이 순식간에 늘어나는 것처럼 로베르토를 향해 뻗었다. 로베르토는 정신없이 몸을 이리저리 움직이며 피해냈다. 거구의 덩치와는 어울리지 않는 몸놀림이었다.

하지만 현란한 창술을 피해내기에는 무리가 있었다.

퍽, 퍼퍽!

"커헉!"

순식간에 로베르토의 허벅지와 옆구리를 후려친 창은 이번엔 머리를 향했다. 로베르토는 그야말로 정신을 차리지 못했다.

"슬슬 끝내볼까?"

슈아아아앙!

로이의 창이 허공을 향하는가 싶더니 그대로 내리꽂혔다. 이제는 피할 공간도 여유도 없었다.

씨이익!

이제 승부가 났다고 생각했을 때 로베르토의 입꼬리가 올라갔다. 전혀 패배를 각오한 표정이 아니었다.

"으음?"

로이의 미간이 살짝 찌푸려졌다. 본능적으로 위기감이 느껴졌다. 창을 내려친다면 패하는 건 자신이다.

샤샤샤샷!

로이의 신형이 잔상을 남기며 옆으로 이동했다.

가능성을 보았다

쐐애애애애액!

로이의 잔상을 뚫고 아까 던졌던 세 개의 단검이 되돌아왔다. 만일 피하지 않고 창을 내려쳤다면 로이는 단검에 꿰뚫렸을 것이다.

"이거, 이거, 그 몸집을 하고 이런 술수를 부리는 건 사기잖아? 하하하하! 아주 좋아!"

로이는 큰 부상과 함께 망신을 당할 뻔했음에도 기분이 좋은 것 같았다. 한참 얕잡아봤던 상대가 제대로 된 실력을 갖추었다는 게 오히려 기쁜 듯했다.

"테스트에서 보여줄 건 아니지만 한 수 보여주지."

휘리리리릭!

로이의 신형이 하늘로 솟구쳤다.

"뭐여?"

로베르토는 높이 뛰어오른 로이를 다소 한심하게 바라보았다. 자신은 비검이 특기가 아닌가. 더욱이 비검 끝에 달린 가느다란 끈으로 방향까지 조종할 수 있었다.

반면에 공중에서는 방향을 바꿀 수 없지 않은가. 올랐으니 떨어지는 일만 남았다.

로베르토에게는 너무도 적중하기 쉬운 타깃이 아닌가.

쐐애애애애액!

세 개의 단검이 동시에 날아갔다. 각각의 단검은 로이의 팔다리와 가슴을 향했다. 허공에 있는 로이로서는 도저히 피할 수 없어 보였다.

스스스스슷.

순간 로이의 신형이 분열되는 듯 보였다. 한순간에 로베르토의 사방에서 로이의 모습이 나타났다.

"허억! 뭐, 뭐시여?"

슈아아아아앙!

네 개의 창이 동시에 로베르토를 향해 내려쳐졌다. 로베르토의 단검은 이미 허공을 향해 맥없이 날아간 직후였다.

퍽, 퍼퍼퍽!

"커헉!"

로베르토는 동시에 쏟아지는 창날에 기겁을 하며 몸을 웅크렸다. 단검을 되돌려 막기에는 늦었다. 설령 되돌린다 해도 단검은 세 개인데 반해 떨어지는 창은 네 개가 아닌가.

퍽, 퍼퍼퍽!

창이 휘돌며 창의 날카로운 날과 손잡이의 방향이 뒤바뀌었다. 창대는 몽둥이처럼 로베르토를 두들기기 시작했다.

마치 로이가 네 명이 있는 것처럼 각각의 방향에서 로베르토를 두들기고 있었다.

"워매! 나 죽는거! 그만하드라고!"

로베르토는 잔뜩 웅크린 채 고래고래 소리를 쳤다. 이제는 막을 수도 없었다. 온몸에 떨어지는 매질은 정신을 아득하게 만들 만큼 뼛속까지 울렸다.

"훗, 로베르토라고 했던가? 제법이야. 기대하지."

로이는 창을 멈추고는 가볍게 웃었다. 로베르토의 비검 실력에 대해선 깔끔하게 인정해 주었다.

"워매, 삭신이여. 이봐, 방금 건 뭔 기술이여? 혹시 네 쌍둥이 아니여?"

"하하하! 재밌는 친구군."

로베르토의 농담에 로이도 웃음을 터뜨렸다. 다소 건방져 보이는 신참이지만 왠지 밉지 않았다.

"로베르토! 축하한다!"

마스터 벨포스는 테스트의 합격을 축하했다. 사실 로베르토가 떨어질 것이라 예상했는데 의외의 반전이었다.

"그럼 나도 드디어 워리어스가 돼버린 거여?"

"푸하하하!"

"저런 겁대가리 없는. 크크크."

로베르토는 그저 기뻐서 한 말이지만 구경하던 워리어스들은 저마다 웃음을 터뜨렸다. 다른 사람이 이런 말을 했다면 건방지다며 오히려 욕을 먹었겠지만 같은 말이라도 로베르토가 하면 묘하게 웃음이 먼저 나온다.

"넌 오늘 테스트에서 떨어졌다면 노예시장에 팔릴 운명이었다. 하지만 예상외로 강해질 수 있는 가능성을 보여주었다. 제법 쓸 만한 기술이었다."

벨포스는 이번 테스트가 얼마나 중요했는지 말해주었다. 로베르토는 하마터면 쫓겨날 뻔한 것이다.

"그럼 샤막은 워찌 되는 거요? 샤막한테는 축하한다고 안 한 것 같은디."

로베르토는 샤막을 힐끗 바라보고는 걱정스레 물었다. 샤막이 팔려갈 수도 있었기 때문이다.

"테스트에 떨어졌을 때 팔려가는 건 너뿐이다. 그러니 축하도 너한테만 필요한 것이지."

하지만 벨포스의 대답은 로베르토를 안심시키는 동시에 또다시 워리어스들에게 웃음을 터뜨리도록 만들었다. 순수한 것인지 모자란 것인지 로베르토의 한마디 한마디는 웃음을 자아내는 힘이 있었다.

"푸하하하!"
"저놈 저거 진지하게 웃겨주는데? 큭큭큭큭."
"하하하하!"

워리어스들은 배꼽을 잡고 정신없이 웃었다. 이곳에서 웃을 일이 얼마나 있겠는가. 모두는 하나가 되어 마냥 웃었다.

"젠장할! 난 또!"

로베르토도 사정을 알고는 머리를 긁적였다.

가능성을 보았다 193

"마지막으로 카시아스! 앞으로!"

카시아스가 앞으로 나섰다. 샤막과 로베르토의 대결을 통해 워리어스들의 실력이 대단하다는 걸 파악했다. 하지만 카시아스는 이길 수 있다고 자신했다.

"막시! 상대해라!"

"신참 테스트하는데 막시를 붙이는 건 좀 너무한 것 아닙니까?"

막시를 상대로 붙이자 워리어스들의 불만이 터져 나왔다. 분위기는 삽시간에 술렁였다. 특히 소환수들이 노골적으로 불만을 드러냈다. 카시아스는 소환수였고 막시는 투견이었기 때문이다.

"체격 차이도 많이 나고 아무리 봐도 그리 강해 보이지는 않는데 말입니다. 초장부터 너무 기를 죽이면 성장하는 데에도 역효과가 나지 않겠습니까?"

소환수들의 리더 격인 테일러도 막시를 상대로 붙이는 것에 대해서는 부정적인 의견을 냈다. 같은 소환수로서 동료가 될 카시아스를 위해서였다.

"초장에 잡아야지 뭔 소리들이야?"

투견들은 오히려 막시를 상대하는 것에 대해 찬성하고 나섰다. 제대로 혼을 내줄 모양이다.

"가주님의 명이시다."

"가, 가주님이……."

"크흠."

가주가 직접 내린 지시라는 말에 워리어스들은 놀라면서도 입을 다물었다. 이곳에서 가주의 명령은 곧 법이자 전부가 아닌가. 어떤 불합리한 명령이라도 가주의 명이라면 따라야 한다.

설령 목숨을 내어놓으라고 해도 어쩔 수 없는 일이다.

"막시! 신참의 실력이 어느 정도인지 확실하게 파악하도록 해라! 알겠나?"

"맡겨만 주십쇼. 숨겨놓은 것까지 발랑 까보일 테니까."

막시는 여유로웠다. 왜 자신을 붙였는지는 모르겠지만 기왕 나선 것이라면 본때를 보여줄 생각이었다. 어차피 카시아스는 소환수였고 기선 제압을 해두는 것도 나쁘지는 않았다.

"카시아스, 최선을 다해야 할 거다. 물론 죽지는 않겠지만 치료하기 전까지 받는 고통은 어쩔 수 없으니까."

"알겠습니다."

막시는 투견들의 이인자로 야콥 다음의 서열이었다. 물론 워리어스 간에 서열은 없지만 내부적으로 발언권이 강한 순서는 있는 것이다. 상하 관계는 아니었지만 적어도 리더와 그 다음 서열의 워리어스에게는 어느 정도 존중을 해주는 게 룰이었다.

그런 의미에서 신참 테스트를 투견 서열 2위인 막시가 나서는 건 상당히 이례적인 일이었다.

소환수들의 입장에서는 혹시라도 카시아스가 잘못되거나 나쁜 영향을 받을까 봐 걱정스러웠다. 이제 동료가 될 텐데 투견에 위축되게 만들고 싶지 않은 것이다.

반면에 투견들은 이번 기회에 소환수인 카시아스의 기를 확실히 죽임으로써 투견들의 위치를 다지고 싶은 마음이었다.

추아아아악!

막시의 반월도가 허공을 갈랐다. 그의 도는 구부러진 형태였는데 베기에 적합해 보였다. 반월 모양으로 구부러져 있기에 휘두르는 데에도 편했고 베는 동작에 더해지는 가속도나 방향 전환에도 일반 도에 비해 효과적이었다.

길이는 일반 도에 비해 다소 짧았지만 찌르기용 무기가 아닌 만큼 길이의 차이가 주는 약점보다는 오히려 장점이 더 큰 무기다.

물론 익숙하지 않은 상태라면 오히려 해가 될 수도 있겠지만.

휘이이이잉!

카시아스는 검을 가볍게 휘둘렀다. 움직임은 좋았다. 몸도

가뿐하고 개미굴에서 느꼈던 피로함은 없었다.

카시아스는 살짝 마나를 운용해 보았다. 하지만 반응이 없다. 역시 몸 안에 축적된 마나는 없다는 걸 다시금 깨달았다.

하지만 과거에 비해 신체적인 능력은 더욱 우수해졌다는 걸 알 수 있었다. 노인의 말대로 차원이동으로 몸이 재구성되면서 이상적으로 변모한 것 같았다.

"어디 볼까?"

샤샤샤샷!

막시의 신형이 지그재그로 미끄러지듯 움직이며 접근했다. 물 흐르듯 자연스러운 보법이다.

"설마 마나를?"

카시아스는 뒤통수를 얻어맞은 느낌이었다. 분명 개미굴에서는 이상한 목걸이를 씌워서 마나를 위축시키지 않았던가. 이곳에서도 그럴 줄 알았는데 워리어스 중 누구도 목걸이를 차고 있는 사람은 없었다.

그렇다면 마나의 수련이 불가능한 건 아니라는 의미다. 더욱이 지금 빠르게 시전되는 보법은 마나를 운용하지 않고는 불가능한 것이었다. 신체적인 능력만으로 이렇게 빠르게 움직인다는 건 상상할 수 없었기 때문이다.

막시는 시작부터 마나를 운용하며 카시아스를 몰아붙일 생각이었다. 마나를 운용하지 못한다면 아예 상대가 될 수 없었다.

"시험해 보면 알겠지."

카시아스는 막시의 움직임에 맞춰 이동했다. 하지만 역시 마나를 사용하지 않고서 막시의 움직임을 따라잡을 수는 없었다.

츄아아아악!

막시의 반월도가 어느샌가 다가와 가슴을 향했다.

까아아앙!

카시아스는 반월도를 비스듬히 쳐 내며 곧바로 반격했다.

쉬이이이잇!

샤샤샤샷!

카시아스의 검이 허공을 갈랐다. 막시는 왔던 속도 그대로 뒤로 물러났다.

"제법인데?"

막시는 흥미가 생겼다. 비록 단 한 번의 공방이었지만 카시아스의 수준이 높다는 걸 알아차렸다.

"제대로 해볼까?"

푸하아아악!

대략 십 미터 정도의 거리가 단번에 좁혀졌다. 막시에게서는 엄청난 기운이 느껴졌다. 많은 양은 아니지만 마나를 운용하는 게 확실했다.

후아아아앙!

"허억!"

 반월도가 하늘을 반으로 가르는 듯했다. 아니, 해일이 밀어닥치는 것 같았다. 엄청난 기세였다.

 하지만 카시아스가 놀란 이유는 다른 데 있었다.

"이, 이건… 팽가의 도법?"

 카시아스는 이곳에서 팽가의 도법을 경험하게 될 줄은 몰랐다. 더욱이 막시는 어느 모로 보나 자신과는 다른 세상의 사람이었다. 옅은 갈색 머리에 갈색 눈, 그을렸지만 바탕은 하얀 피부였다.

 팽가의 사람일 리는 없는 것이다.

 카시아스는 위기감을 느끼고는 온 힘을 집중해 검에 실었다. 팽가의 도법은 힘을 바탕으로 밀어붙이는 게 특기가 아닌가. 정교함보다는 패도를 추구하는 만큼 위력적이었다.

 마나를 운용하지 못하는 카시아스가 정면으로 받기에는 어려움이 따랐다.

 카시아스는 보법을 시전하며 빠르게 쇄도했다. 보통 칼을 휘두르면 뒤로 빠지거나 옆으로 피해야겠지만 카시아스는 앞으로 달려드는 걸 택했다.

 얼핏 보면 무모해 보이는 선택이었지만 카시아스에게는 최선의 선택이었다.

가능성을 보았다

"헛!"

피하거나 맞받을 것이라 생각했던 카시아스가 거리를 좁히며 쇄도하자 막시가 오히려 당황했다. 반월도의 위력을 최대한으로 내기에는 거리가 맞지 않게 된 것이다.

한껏 기운을 끌어올린 게 허무하게 되어버렸다.

하지만 내친걸음이라고 막시는 반월도를 거두지 않고 그대로 내리그었다.

까가가가가각!

반월도가 검과 부딪치며 비스듬한 각도로 맞물렸다. 카시아스는 검을 기울여 직각이 아닌 측면으로 비껴나도록 막은 것이다. 힘 차이가 컸기에 어쩔 수 없는 선택이었다.

하지만 팽가의 위력이 담긴 도였다. 비껴내기는 했지만 상당한 충격이 전해졌다.

카시아스는 하마터면 검을 놓칠 뻔했다. 하지만 어렵게 잡은 기회를 놓칠 카시아스가 아니었다.

휘리리릭!

퍼어어억!

카시아스의 몸이 반 바퀴 휘돌며 뒤꿈치가 막시의 관자놀이를 향했다. 반월도의 충격으로 몸의 중심이 아래로 쏠리는 걸 역이용해 회축을 시전한 것이다.

터어어억!

막시의 왼팔이 카시아스의 뒤꿈치를 막아섰다. 막시도 갑작스러운 공격에 잠시 중심이 흔들렸다.

쉬이이이잇!

바람을 가르는 소리와 함께 카시아스가 검이 아래서 위로 휘둘러졌다.

샤샤샤샷!

막시는 얼른 보법을 시전하며 뒤로 물러났다.

"음?"

막시의 얼굴이 살짝 찌푸려졌다. 막시의 아랫배부터 가슴까지 기다란 자국이 이어졌다. 옷이 잘리며 속살이 드러났. 카시아스의 검이 베고 지나간 것이다.

"호오, 재밌는데?"

"훗. 물건이 들어온 건가?"

테일러와 야콥은 동시에 감탄성을 터뜨렸다. 지금껏 신참이 워리어스에게 상처를 낸 일은 없었다. 제아무리 이전 세상에서 뛰어난 실력을 지녔다고 해도 이곳에서는 신참일 뿐이다.

무엇보다 마나를 어느 정도 운용하는 워리어스를 상대로 공격이 통할 리가 없는 것이다.

또한 이 세상에는 다른 세상의 모든 검술과 투술들이 일반화되어 있고 또 그것을 계속해서 보완하고 발전시켜 왔다.

팽가의 도법만 해도 이곳의 도법이 오히려 팽가의 도법보다 한참을 앞섰다고 볼 수 있다. 목숨을 담보로 끊임없이 도법을 보완해 가며 성장시켰기 때문이다.

더욱이 카시아스의 상대는 투견 서열 2위인 막시가 아닌가. 그저 시간이나 때우자는 식으로 구경하던 워리어스들의 눈빛이 변했다. 집중하기 시작한 것이다.

워리어스들이 신참의 테스트에 이렇게 집중하는 경우는 아마도 소환진 아테나가 발동된 이후 손에 꼽을 광경이라 해도 과언은 아니었다.

"어이, 막시! 이제 슬슬 보여줘야지? 그래도 워리어스의 체면이 있는데."

"물론!"

저벅저벅.

막시는 아무런 방어도 없이 카시아스의 앞까지 걸어갔다. 불과 두 발 사이.

두 사람 모두 미동도 하지 않은 채 눈을 마주했다. 그렇게 잠시간의 시간이 지나갔다.

"내가 단 한 걸음이라도 뒤로 물러나면 패한 걸로 하지."

막시의 발언은 광오하기 이를 데 없었다. 이전 세상이라면 어림도 없는 이야기였지만 이곳에서는 가능했다. 그만큼 둘의 격차는 상당했기 때문이다.

"너무 자신만만한데?"

막시의 옷을 베고 나자 카시아스도 자신감이 더욱 붙었다. 비록 마나를 운용하지는 못하지만 검술만으로도 충분히 승부를 낼 수 있다고 믿었다.

"물론 넌 뒤로 물러나도 관계없다."

"으음."

막시는 일방적으로 불리한 조건을 내걸었다. 지나친 자신감으로 비춰 보일 수도 있지만 카시아스는 오히려 긴장했다. 막시가 지금까지 보여준 게 본 실력이 아닐 수도 있다는 생각이 든 것이다.

"준비됐나?"

"와라!"

"기대하지."

슈아아아앙!

순간 반월도가 크게 휘둘러졌다. 카시아스는 가볍게 피하고는 재빨리 반격을 하려 했다. 하지만 이어지는 공격에 얼른 검을 중단으로 가져가야 했다.

쉿, 쉬시시시싯!

반월도가 연이어 카시아스를 향했다. 그 속도는 세스크의 얇은 검과 필적할 정도였다. 차이가 있다면, 세스크의 검이 찌르기 위주였다면 반월도는 오직 벨 뿐이다.

까가가가강!

엄청난 속도로 베어오는 반월도의 공격에 카시아스는 이리저리 검을 쳐 내느라 여념이 없었다. 중간에 반격하는 것은 꿈도 꾸지 못할 만큼 빠른 공격이 계속되었다.

쉬아아앙!

쉬시시시시싯!

반월도의 속도는 점점 빨라졌다. 이제는 세스크의 검보다 더 빠르게 느껴질 만큼 잔상이 남으며 사방으로 이어졌다. 시간이 지날수록 막시의 공격은 점점 가속도를 붙여갔다.

까가가가가강!

사방으로 불꽃이 튀었다. 카시아스의 검도 마찬가지로 빠르게 움직였다. 한 번만 삐끗해도 그대로 베일 판이다.

"크으으."

검을 잡은 손이 점차 얼얼해졌다. 오직 신체적인 힘으로만 검을 휘둘러 막고 있으니 그 충격이 고스란히 전해지며 쌓여갔다. 이대로는 검을 놓칠지도 몰랐다.

슈아아앙!

쉬시시시싯!

반월도의 속도가 한층 더 빨라졌다. 막시는 처음 선언한 대로 오직 제자리에서 휘두를 뿐이다. 한 걸음만 물러나도 피할 것 같지만 카시아스에게는 그럴 여유조차 없었다.

오직 반월도의 궤적에 집중하며 막아내는 데 사력을 다했다. 하지만 시간이 지날수록 반월도의 속도는 오히려 빨라졌고 카시아스의 체력은 떨어져 갔다.

츄아아악!

피피피핏!

반월도가 카시아스의 왼팔을 가르고 지나갔다. 핏물이 사방으로 튀었다.

"크으윽!"

팔이 데이는 듯한 고통이 느껴졌다. 하지만 돌아볼 새도 없었다. 지금도 반월도는 카시아스의 사방을 노리며 공격을 계속했다.

주춤.

카시아스가 한 걸음 물러섰다. 막시는 재빨리 한 걸음 다가서며 마찬가지로 반월도를 쉬지 않고 휘둘렀다.

까가가가강!

부아아악!

"크윽."

이번에는 가슴을 가르고 지나갔다. 가슴이 쩍 벌어지며 피가 흘러내렸다. 꽤나 깊이 베인 듯했다. 하지만 반월도는 멈추지 않고 계속해서 카시아스를 노렸다.

까가가가강!

카시아스는 점차 뒤로 밀리기 시작했다. 이제는 제자리에서 받을 기력도 없어 보였다.

이에 반해 반월도의 속도는 한층 더 빨라졌다. 과연 사람이 휘두르는가 싶을 만큼 눈으로도 분간하기 힘든 속도였다.

부가가각!

"커억!"

이번엔 옆구리와 어깨를 베고 지나갔다. 살이 갈라지고 뼈가 드러났다. 붉은 피가 사방으로 튀었지만 카시아스는 멈출 수 없었다. 지금 멈추면 반월도에 의해 전신이 조각조각 잘려나갈 것이기 때문이다.

이제 카시아스도 한계에 다다랐다. 지금으로썬 저 무시무시한 속도의 반월도를 막아내는 건 역부족이었다.

츄아아아악!

슈가가가각!

반월도는 카시아스의 배를 가르고 허벅지를 갈랐다. 붉은 피가 뿜어져 나왔다.

"크으윽!"

카시아스는 머릿속이 몽롱해졌다. 피를 너무 많이 흘린 듯했다. 이제는 반사적으로 검을 휘둘러 막을 뿐이다. 반월도의 궤적은 이미 보이지 않았다.

까아아아앙!

맑은 쇳소리와 함께 카시아스의 검이 허공으로 솟구쳤다.

"이런."

카시아스는 눈앞이 캄캄했다. 반월도를 막아낼 수단조차 사라졌다.

쉬시시시싯!

슈가가가각!

반월도가 카시아스의 전신을 수도 없이 베고 지나갔다.

푸화아아악!

마치 분수처럼 피가 허공으로 뿜어졌다.

"끄으으윽!"

털썩!

카시아스는 온몸에 피 칠을 한 채 그대로 무너져 내렸다. 얼핏 보기에는 죽었다고 해도 과언이 아니었다.

무시무시한 반월도에 수십 차례나 베이지 않았는가. 다행스러운 건 겉으로 보이는 잔혹함과는 달리 반월도는 일정 깊이 이상 베지 않았다는 점이다.

막시는 엄청난 속도로 휘두르는 가운데에도 카시아스가 베이는 깊이까지 조절한 것이다.

"마스터, 이제 되지 않았습니까?"

"사람 잡을 것이여?"

샤막과 로베르토가 벨포스를 향해 다급하게 외쳤다. 미동도 하지 않는 것이 숨이 끊어진 것 같았기 때문이다.

"그만!"

마스터의 외침과 동시에 절대 멈출 것 같지 않았던 반월도도 멈추었다.

"수고했다. 소감은?"

"잘만 키우면 쓸 만한 물건은 될 것 같습니다. 뭐 그때까지 살아 있다면야."

막시는 카시아스의 자질을 높이 평가했다. 하지만 이곳이 자질만 가지고 버틸 수 있는 곳이던가.

제아무리 좋은 자질을 가져도 단 한 번의 패배로 목숨을 잃는 곳이 아닌가.

카시아스가 제대로 성장하기 위해서는 끊임없는 노력은 물론 운도 따라야 했다. 콜로세움에서 살아 돌아오는 건 그만큼 힘든 일이다. 특히나 신참에게는 더더욱.

그 때문에 그전에는 워리어스라는 칭호를 주지 않는 것이다.

우우우우웅!

마스터 벨포스가 치유의 돌을 카시아스의 가슴에 가져다 대자 밝은 빛이 뿜어졌다.

"크으윽!"

의식이 돌아오자 카시아스는 괴로운 듯 찡그렸다.

"움직이지 마라. 아직 치료가 끝나지 않았으니."

우우우우웅!

벨포스는 반월도에 베인 상처 하나하나를 모두 치료한 후에야 치유의 돌을 집어넣었다.

"휴우우! 정말 신기한 물건이군요."

카시아스는 언제 그랬냐는 듯 멀쩡해졌다. 조금만 늦었어도 숨이 끊어질 판이었는데 놀라운 회복력이었다.

"치료하지 않는 부분이 있나?"

"없습니다. 정말 놀랍군요. 이렇게 빨리 상처가 아물다니."

카시아스는 신기한 듯 몸 곳곳을 살폈다. 조금 전까지만 해도 살을 쩌억 벌리고 있던 게 말끔히 나았다. 심지어는 흉터조차 남지 않았던 것이다.

"마법이라는 게 놀라운 것이지. 물론 지금은 마도구 없이는 사용할 수 없지만."

"그런 것 같습니다."

"어떤가, 소감은?"

벨포스는 과연 어떤 대답이 나올지 기대했다.

"내가 우물 안 개구리였다는 사실을 깨달았습니다. 이곳에서의 기술들을 얕보고 있었는데 그게 아니란 걸 알았습니다. 생사를 넘나들며 직접 체험하고 발전시켰을 테니 당연하겠지요."

 카시아스는 솔직하게 막시의 실력을 인정했다. 또한 다른 워리어스들 역시 생각했던 것 이상이라는 걸 알게 되었다.

 막시가 휘둘렀던 반월도의 궤적과 각도, 그리고 적절한 타이밍 등 모든 게 완벽에 가깝지 않았는가.

 이전 세상에서도 그 정도로 도를 사용하는 사람은 아마도 손에 꼽을 것이다. 내공의 차이라면 몰라도 도법만 본다면 분명 워리어스들이 앞설 것이라 생각했다.

 "제대로 깨달았군. 바로 그렇다. 이곳에는 온갖 세상의 강자들이 모여 있다. 그들 중에서 최강을 가리는 자리지. 듣도 보도 못한 기술들이 난무하게 되는 곳이다. 그리고 그중에서 가장 강한 기술만이 남겨지고 또 수련되는 것이지. 검술이나 투술은 이미 극한의 경지까지 발전되었다고 보면 된다. 너희들은 앞으로 그러한 극한의 기술을 수련한 자들과 생사를 가르는 것이다."

 "잘 알겠습니다."

 카시아스의 대답을 벨포스를 흡족하게 만들었다. 성장하기 위해서는 자신의 부족한 점을 알아야 한다. 또한 상대의 강함을 인정해야만 자신의 단점이 보인다.

 간혹 자만에 사로잡히거나 자존심 때문에 그러한 것을 부정하는 자들이 있지만 그들의 끝은 결국 좋지 않았다. 콜로세움에서 돌아오지 못한 것이다.

벨포스는 카시아스에게서 무한한 가능성을 보았다. 제대로 된 수련만 거친다면 분명 주목받을 만한 재능을 지니고 있었기 때문이다. 문제는 그때까지 살아남을 수 있느냐이지만.

"가르침 잘 받았소. 많이 배웠소."

"네 솜씨도 제법이었다. 살아남길 바라마."

"고맙소."

카시아스는 막시에게 가볍게 인사를 했다. 상대에 대한 존중이었다. 처음 무시했던 마음은 이미 사라졌다. 그저 폼만 잡고 으스대는 위인이라고 편견을 가졌지만 막상 검을 맞대보니 오랜 수련이 아니고서는 가질 수 없는 실력이었던 것이다.

만일 이전 세상에서 만났더라면 좋은 승부가 되었겠지만 내공 없이 겨루는 것은 분명 한계가 있었다.

막시 역시도 출신은 달랐지만 카시아스의 검술에 대해서 어느 정도 인정해 주었다.

워리어스 간의 대결에서도 자신의 옷깃을 벨 수 있는 자는 몇 되지 않았기 때문이다.

*　　*　　*

"가주님, 신참들의 테스트를 마쳤습니다."

테스트가 끝나자 벨포스는 샤갈에게 보고했다.

"그래? 내가 직접 보려고 했는데 아쉽군."

샤갈은 갑작스레 일을 보고 오느라 참석하지 못한 게 무척 아쉬워 보였다.

"다시 준비할까요?"

"그럴 필요 있나? 결과만 이야기해 봐."

"이번 신참들은 전체적으로 수준이 꽤나 높았습니다."

"호오, 그래?"

벨포스의 평가에 샤갈은 꽤나 기분이 좋아졌다. 기대는 하고 있었지만 벨포스가 이렇게 말할 정도면 기대 이상이라는 걸 알기 때문이다. 다른 건 몰라도 실력에 대해서는 무척 평가가 박한 벨포스였다.

더욱이 신참을 높이 평가하는 일은 거의 없기에 만족스러운 결과를 기대할 수 있을 것 같았다.

"샤막은 기사 출신답게 꽤나 실력이 좋았습니다. 조금만 수련시킨다면 이번에 콜로세움에 세우는 것도 가능하리라 봅니다."

벨포스는 우선 샤막에 대한 평가부터 이야기했다. 셋 중에서 가장 안정되어 있는 건 샤막이었다. 아무래도 이곳 출신이다 보니 마음의 자세에서부터 유리할 수밖에 없다.

낯선 것에 대한 두려움이 상대적으로 덜하기 때문이다. 또한 기사단에서 배운 검술 역시 상당히 고급 검술이었고 기초부터 제대로 수련해 온 것이 큰 영향을 미친 것이다.

"으음, 자네가 그렇게 말할 정도면 제법인가 보군. 그럼 그 비검을 사용한다는 놈은? 로베르토라고 했던가? 시원찮으면 서둘러 팔아버려야지. 괜히 다른 워리어스들의 수준까지 떨어뜨릴 우려가 있으니까."

샤갈은 로베르토에 대해서는 크게 기대하지 않았다. 선물을 준다고 말한 것도 가능성이 희박해 보였기에 한 말이다. 기대에 미치지 못한다면 가차없이 내칠 생각이었다.

"로베르토 역시 놀랄 정도였습니다."

"그 정도인가?"

샤갈은 다소 놀란 표정으로 물었다.

"생각지도 못한 기술을 사용했습니다. 또한 비검의 단점을 충분히 커버하고도 남을 요소들이 많습니다. 아마 제대로 마나를 운용하는 상태였다면 당하는 건 로이였을 수도 있었습니다."

벨포스는 로베르토에 대해 평가했다. 그의 평가대로 로베르토가 패한 건 마나의 차이였다. 비검으로는 승리했다고 봐도 무방할 만큼 좋은 승부를 보여주었다.

"로이가 상대했나? 로이의 창과는 상극일 텐데?"

"그래서 일부러 붙여보았습니다."

"그런데도 잘해냈단 말이지?"

"그렇습니다."

"후후, 로베르토 이놈, 정말 상을 줘야겠는데? 약속은 약속이니까 말이야."

거의 버리기로 각오했던 카드도 쓸모있는 것으로 판명되자 샤갈은 더욱 기분이 좋아졌다. 카시아스나 샤막에 비해 로베르토는 거의 헐값에 사오지 않았던가.

그런데 로이와 비슷한 수준이라면 뜻밖의 횡재를 한 것이나 다름없었다.

"아마도 좋은 자극이 될 것입니다."

벨포스는 샤갈의 결정을 전적으로 지지했다.

"그럼 마지막으로 카시아스는? 지시한 대로 야콥이나 막시하고 붙였겠지?"

"예. 막시하고 붙였습니다."

"그래, 어떻던가?"

"막시의 옷을 반으로 갈랐습니다."

"하하하하! 그게 사실인가?"

샤갈은 절로 웃음이 터져 나왔다. 기대를 한참 뛰어넘는 성과가 아닌가. 카시아스가 이 정도까지 해줄 줄은 샤갈도 기대하지 않았다. 그저 가능성만 보여주기를 바랐을 뿐이다.

그런데 워리어스들도 하기 힘든 일을 해냈다니. 그것도 마나를 운용하지 않은 상태였다면 카시아스는 분명 물건임에는 틀림없었다. 이번에 신참들로 인해 클라니우스 가문이 한층 더 성장할 것이라는 기대감이 차올랐다.

"그렇습니다. 그 때문에 한동안 워리어스들이 무척이나 흥분했습니다."

"막시 그놈의 성격으로 좋게 끝나지는 않았겠군."

"그렇습니다. 반월참격을 사용했습니다."

"훗. 죽다 살아났겠군."

샤갈은 보지 않았어도 당시의 상황을 본 것처럼 예상했다. 워리어스들의 특성에 대해서는 모두 파악하고 있었기 때문이다.

"치유의 돌이 없었다면 죽었을 것입니다."

"이거 이번에 꽤나 거금을 들여서 걱정스러웠는데 충분한 가치가 있는 것 같군. 자네도 그렇게 생각하지?"

샤갈은 그들을 데려오기 위해 지불했던 자금이 전혀 아깝지 않았다. 샤막과 카시아스는 보통 개미굴에서 소환수를 사올 때의 세 배 가격을 지불하고 낚아챘다.

그런 가격을 지불한 이유는 경매가 시작되기 전에 가져오고 싶었기 때문이다.

만일 경매에 붙였다면 막시무스가 기를 쓰고 따라붙었을

테고, 어쩌면 둘 중 하나는 빼앗겼을 수도 있었다.

하지만 신참들을 데려오면서 너무 많은 액수를 지불한 게 아닌가 하고 늘 마음에 남았는데 이제는 훌훌 털어버릴 수 있었다.

"이번 신참들은 분명 콜로세움을 뜨겁게 달굴 것입니다. 모두 시민들의 관심을 끌 만한 요소들을 가지고 있었습니다."

벨포스도 카시아스와 샤막, 그리고 로베르토가 뛰어난 자질을 가지고 있다고 믿었다. 그들은 강함 외에도 특별함이 있었다. 주변 사람들을 흥분시키고 열광시키는 그런 재능 말이다.

"자네도 이제 보는 눈이 생겼군. 예전에는 오직 강함만을 추구하더니 말이야."

"가주님 덕분입니다."

샤갈의 칭찬에 벨포스는 겸손하게 고개를 숙였다. 샤갈의 말대로 벨포스는 이기는 것 외에도 시민들을 의식하기 시작한 것이다.

"콜로세움의 영웅이 되기 위해서는 단지 강한 것만으로는 부족하지. 시민들의 가슴을 뜨겁게 만들어줄 그 무언가를 지녀야 해. 내가 이번에 거금을 들인 것도 그러한 가능성을 봤기 때문이지. 아마 막시무스도 눈치챘을 거야. 지금쯤 화병에 걸렸을지도."

막시무스를 생각하면 샤갈은 절로 웃음이 나왔다. 아마 반대 입장이었다면 울화통에 한동안 몸져누울지도 모르는 일이다.

그만큼 이번 신참들은 무척이나 마음에 들었다.

"이번 신참들은 클라니우스 가문의 명예를 드높일 것이라 믿습니다."

"이제부턴 네게 달렸다. 저들을 제대로 수련시켜라. 석 달 후에 있을 피의 제전에 나설 수 있도록."

샤갈은 올해의 피의 제전을 더욱 화려하고 치열하게 만들 생각이다. 이번 제전을 통해 클라니우스 가문은 비잔티움에서 영원히 지지 않는 태양으로 발돋움하게 될 것이다.

피의 제전은 일 년에 한번 콜로세움에서 펼쳐지는 사투 중의 사투로 오직 한 사람만이 살아남는다. 수많은 생사결을 통해 피를 뿌리고 시체를 쌓아가야만 오를 수 있는 곳. 그 정점에 선 자를 킹 오브 워리어스라 부르며 모든 워리어스들에 있어서 도달하고자 하는 목표다. 킹 오브 워리어스를 배출한 가문은 가장 명예로운 가문으로 추앙받으며 시의 전폭적인 재정 지원은 물론 수많은 특권이 따라온다.

"피의 제전에 말입니까? 이번 제전에 내보내기에는 시간이 촉박하지 않을까 걱정됩니다."

벨포스는 다소 걱정스러운 얼굴로 말했다. 마나 운용도 못하는 신참들을 삼 개월 만에 피의 제전에 내보내는 건 무모해 보였다. 보통은 일반 대회에서 워리어스의 칭호를 얻고 꾸준한 경험을 통해 피의 제전에 참가하는 게 보통이었다.

첫 데뷔 무대가 피의 제전이라면 신참들에게는 그 자체로도 커다란 압박이 될 수 있었기 때문이다.

"극적인 요소가 많을수록 흥분도 잘 되는 법이지. 그들은 반드시 출전해야 한다."

"최대한 수련시켜 만들어보겠습니다."

샤갈은 벨포스에게 전적으로 그들의 수련을 일임했다. 시민들의 관심이 사그라지기 전에 그들을 최대한 활용할 생각이었다.

"좋아, 그건 네 특기니까. 그리고 오늘도 환락의 자유를 베풀겠다. 신참과 워리어스 모두 마음껏 즐기도록 해라. 술도 음식도 양껏 내어주고."

"감사드립니다. 그렇게 조치하겠습니다."

샤갈은 로베르토와의 약속대로 최대한 호의를 베풀었다. 지금은 무엇을 해주어도 아깝지 않았다. 장차 그들이 가져올 것에 비하면 이런 자유쯤은 하찮을 따름이다.

장차 클라니우스 가문은 그들을 통해 두고두고 시민들의 기억에 남게 될 것이다.

최고의 가문, 킹 오브 워리어스를 가장 많이 배출한 가문이라는 명예가 언제나 뒤따르지 않겠는가. 생각만 해도 뿌듯해졌다.

"참, 네 아내가 아이를 가졌다고?"

"예."

"후후, 좋은 징조야. 아낙수나문은 오늘부터 모든 집안일에서 손을 떼도록. 오직 아이를 잘 낳는 데에만 신경 쓰면 될 것이야. 또한 허락없이 바깥출입을 할 수 있도록 한다."

샤갈은 벨포스의 아내 아낙수나문에게 시민과 같은 자유를 부여했다. 특혜를 받고 있는 벨포스도 양성소 바깥으로의 출입은 금지되어 있었다. 샤갈의 허락 없이는 한 발짝도 나갈 수 없는 것이다.

아내 아낙수나문은 이제 노동은 물론이고 모든 허드렛일로부터도 해방이다. 어엿한 시민으로서의 삶을 누리게 된 것이다.

"은혜에 감사드립니다, 가주님."

벨포스는 무척 감동했다. 샤갈이 이렇게까지 배려해 줄 줄은 몰랐기 때문이다.

하지만 샤갈이 이러한 호의를 베푼 것은 벨포스에 대한 예우이기도 했지만 석 달 뒤에 있을 피의 제전에 대한 징조로 받아들인 탓이다. 새로운 생명이 태어나는 건 언제나 경건한

가능성을 보았다

신의 축복이었기 때문이다.

"넌 워리어스들과 신참들의 수련에 만전을 기해야 한다. 기대해도 되겠지?"

"가주님의 은혜에 반드시 보답하겠습니다. 이번 피의 제전의 영광은 클라니우스 가문의 것이 될 것입니다."

"후후. 암, 그래야지."

벨포스는 샤갈의 배려에 진심으로 감사했다. 샤갈은 호의를 베풂으로써 벨포스가 더욱 신참들의 수련에 힘쓰도록 했다.

WARRIORS

클라니우스 양성소.

신참들의 본격적인 훈련이 시작되면서 클라니우스 양성소는 목검 부딪치는 소리가 요란했다.

테스트 때 보여준 놀라운 실력들로 워리어스들에게 강한 인상을 남겼던 세 명의 신참은 많은 기대를 가지게 만들었지만 막상 훈련이 시작되고부터는 고역의 시작이었다.

특히 비검이 특기인 로베르토가 가장 힘든 시간을 보냈다.

딱, 따다닥!

퍼어억!

"크윽!"

로베르토의 얼굴이 구겨졌다. 훈련이지만 목검으로 내려치는 강도는 실전을 방불케 했다.

"뭐하나? 옆구리가 비었잖아! 다시!"

워리어스 하나가 험상궂은 얼굴로 소리쳤다. 지금껏 똑같은 동작만 몇 번을 반복했는지 모른다.

딱, 따다닥!

퍼어억!

"크윽!"

로베르토는 고통에 찬 신음성을 흘렸다. 같은 자리를 몇 번을 얻어맞는 것일까. 하지만 이상하게도 계속 같은 자리를 얻어맞았다. 막으려고도 피하려고도 해봤지만 소용없었다.

"야, 이 새끼야! 옆구리가 비었다고 몇 번을 말해?"

워리어스도 이제는 짜증이 솟구쳤는지 로베르토를 향해 버럭 고함을 쳤다.

"아, 쌩! 칼싸움은 잘 못한다고 몇 번을 말하는 거여?"

짜증난 걸로 치면 로베르토만 할까. 로베르토는 도저히 못 참겠는지 고함을 치며 대들었다.

"이 새끼가! 어디서 눈을 부라려?"

퍼어억!

"으윽! 야, 이 쌍놈의 새끼야!"

워리어스 발길질에 로베르토가 나가떨어졌다. 하지만 곧바로 일어나서는 워리어스에게 달려들었다.

"그만!"

마스터 벨포스가 얼른 제지했다. 하마터면 워리어스와 신참 간에 난투극이 벌어질 뻔했다.

"마스터, 답답해서 못 가르치겠습니다. 다른 놈 붙여주세요. 똑같은 말을 몇 번을 하는지, 원."

워리어스는 짜증 섞인 목소리로 불만을 토로했다. 테스트 때와는 달리 로베르토가 영 훈련을 소화하지 못하는 듯했다.

"안 되는 걸 어떡하라고!"

로베르토도 지지 않고 맞섰다.

"이 새끼가 진짜! 콱!"

"해보자는 거여?"

다시금 둘이 노려보며 분위기가 고조되었다. 워리어스는 워리어스대로, 로베르토는 로베르토대로 짜증이 솟구친 것이다.

쫘아아악!

쿠당탕탕!

순간 로베르토의 볼때기가 번쩍하며 그대로 나가떨어졌다. 벨포스가 냅다 후려친 것이다.

"왜 나만 때리는 거여? 썅!"

로베르토는 가뜩이나 억울한데 벨포스마저 일방적으로 워리어스의 편을 들자 폭발하기 직전이었다.

"로베르토! 진정해!"

"전에 약속했잖아!"

카시아스와 샤막이 얼른 로베르토를 말렸다. 훈련장에서 어떻게 행동해야 하는지, 그리고 워리어스와는 절대로 충돌하지 말아야 한다는 경고를 받지 않았던가.

이대로는 로베르토가 위험했다.

"드러워서, 쌍!"

로베르토도 울화는 치밀었지만 정신이 나간 건 아니었다. 화를 삭일 수밖에.

"로베르토! 똑바로 서라!"

"쳇."

로베르토는 툴툴대면서도 벨포스 앞에 섰다. 자신의 잘못을 아는지 시선을 마주하지는 못했다.

"일전에 경고하지 않았나?"

"잘못했구만요."

벨포스의 성난 표정에 로베르토는 결국 용서를 빌었다. 위험한 상황으로 번질 수 있다는 걸 알기 때문이다. 하도 짜증이 나서 폭발한 것이지 로베르토 역시 소란을 피울 생각은 눈곱만큼도 없었다.

"으음. 생각대로 되지 않아서 짜증이 나겠지만 오늘의 연습이 결국 네 목숨을 구할 것이다."

로베르토가 순순히 잘못을 인정하자 벨포스도 차분한 목소리로 충고했다. 본래 실전과는 달리 훈련은 지겹고 힘든 것이다. 하지만 그 과정은 분명 실전에서 큰 도움이 된다.

"그런데 칼싸움은 잘 안 되는구만요. 나도 한 칼 하긴 했는데 여기서는 이상하게 안 되는구마이."

로베르토는 멋쩍은 표정으로 말했다. 사실 짜증이 난 것은 훈련을 제대로 따라가지 못하는 자신에게 있다. 아무리 비검이 특기라고는 해도 검술 역시 상당한 수준의 로베르토였다.

그런데 여기서는 단순한 동작도 제대로 되지가 않았다. 몸이 따라주지 않는 게 짜증이 났던 것이다.

"네가 약한 건 아니다. 단지 이들이 강할 뿐. 하지만 콜로세움에서 만나게 되는 상대는 이들보다 더 강할 수도 있다. 또한 그때는 이렇게 봐주지도 않는다. 틈이 보이면 바로 네 목을 꿰뚫어 버릴 테니까."

"쳇."

벨포스는 엄하게 충고했다. 이전 세상에서의 실력만 믿고 자만한다면 필히 목숨을 잃게 될 것이다. 로베르토의 동작이 제대로 들어맞지 않았던 건 상대적으로 워리어스가 그만큼 강하기 때문이다.

로베르토는 대꾸할 말이 없었다. 벨포스의 말이 틀리지 않다는 걸 알기 때문이다.

"오늘 흘린 땀 한 방울은 훗날 네 피 한 방울의 가치가 있을 것이다. 그러니 묵묵히 수련해라. 어떤 경우에도 워리어스에게 대드는 행위는 용납되지 않는다. 한 번만 더 그런 행동을 하면 규율에 따라 처리할 것이다. 알겠나?"

"알겠구만요."

로베르토는 순순히 벨포스의 지시를 받아들였다. 콜로세움에서 살아남기 위해서는 이보다 더한 훈련이라도 해야 했다.

"그럼 다시 하도록!"

"미안하게 돼부렀어."

로베르토는 멋쩍은 표정으로 머리를 긁적이고는 상대했던 워리어스에게 사과했다.

"또 한 번 그딴 식으로 나오면 내 손에 죽는다."

"잘해볼 테니까 가르쳐 주드라고."

워리어스는 발끈하며 으름장을 놓았지만 로베르토는 대들지 않고 순순히 받아주었다.

"자! 다들 수련 시작!"

딱, 따다닥!

"하앗!"

"웃차!"

다시금 목검 소리가 요란하게 울리며 훈련이 시작되었다. 비록 목검을 들고는 있었지만 이들의 동작 하나하나는 예사롭지 않았다. 단순해 보이는 동작 하나에도 많은 변화가 담겨 있었고 무엇 하나 허투루 휘두르는 게 없었다.

워리어스들의 수준은 그야말로 상당히 높은 경지에 이르러 있었다.

"저… 마스터, 궁금한 게 있는데 여쭤도 괜찮겠습니까?"

"말해라!"

카시아스는 어렵사리 말을 꺼냈다. 카시아스의 자세를 직접 교정해 주던 벨포스는 일단 받아주었다.

"지난번에 겨뤘던 막시 말입니다. 마나를 운용하는 것 같던데 마나를 사용해도 되는 겁니까?"

"물론이다."

"그럼 마나를 수련하는 데 아무런 제약이 없는 것입니까?"

카시아스는 테스트 때부터 궁금했던 바를 이야기했다. 개미굴에서 노인은 몰래 마나를 수련하라고 당부하지 않았던가. 하지만 마나 수련이 허용된다면 굳이 그럴 필요가 없는 것이다.

또한 마나 수련으로 예전의 힘을 되찾는다면 지금처럼 노예로 살 이유가 없었다.

이곳에서 일단은 할 일이 있었고, 카시아스는 힘을 얻으면 미련없이 떠날 생각이었다.

"그렇다. 다만 한 달에 한 번 마나 수치를 측정하고 있지."

벨포스는 고개를 끄덕였다. 이는 카시아스에게는 새로운 희망으로 다가왔다.

"마나를 측정할 수도 있단 말입니까?"

카시아스는 다행스러우면서도 한편으로는 의문이었다. 마나가 보이는 것도 아니고 어찌 수치가 정해진단 말인가.

"그런 마도구가 있다. 마나를 수련하고 싶은가? 그렇지 않아도 우리 양성소에서는 특별한 마나 수련법을 가지고 있다. 이곳에 오는 숱한 워리어스들이 사용했던 마나 수련법을 개량하고 개량해서 최상의 수련법을 만들어냈지."

벨포스는 마나 수련에 대해서 금지하기는커녕 적극 권장했다. 팽가의 도법을 봐도 그렇듯이 이곳에서 특별히 사용되는 마나 수련법이라면 이전 세상에서의 내공심법보다 우수할지도 몰랐다.

아니, 그럴 가능성이 높았다. 마나 수련법 없이 검술만 비약적으로 발달하는 건 불가능하기 때문이다.

"역시 그렇군요. 처음엔 몰랐지만 수련하면서 보니 워리어스 하나하나가 우리 세상으로 보자면 초절정고수였습니다.

아니, 그 이상일 수도 있겠군요."

 카시아스는 이 세상이 얼마나 대단한지 새삼 느끼고 있었다. 단지 사람들을 잡아와 죽을 때까지 싸움만 시키는 게 아니다. 이들은 강한 힘까지도 받아들이는 것이다.

 그리고 그 힘을 어떻게 하면 가장 효율적으로 사용하는지에 대해서도 축적된 경험으로 알고 있다. 하려고만 한다면 최강의 군대를 만드는 것도 불가능하지는 않았다.

 "마음만 먹는다면 얼마든지 강해질 수 있는 여건이 마련되어 있다. 문제는 자질과 노력이겠지."

 "그런데 마나를 사용하게 되면 그 힘은 굉장할 겁니다. 여기서는 워리어스들에 대해서는 경계하지 않는 모양입니다."

 카시아스는 마나 수련을 금지하지 않는 것은 다행스러웠지만 한편으로는 의문이 꼬리를 물었다. 이곳의 워리어스만 해도 백여 명이었다. 이들 모두가 초절정고수가 된다면 그야말로 엄청난 힘이 된다.

 아니, 초절정고수 백여 명을 무슨 수로 막는단 말인가. 검술은 최강에 내공까지도 엄청나다면 막을 수도 없겠지만 막는다 해도 엄청난 희생은 불가피했다.

 이런 양성소가 비잔티움에만도 수도 없이 존재한다. 과연 어떻게 불상사에 대한 대비가 되어 있을지 의문이었다.

 "혹시라도 반란을 염두에 둔 것이냐?"

벨포스는 의미심장한 눈빛으로 물었다.

"그런 게 아니라 가능성을 이야기하는 것입니다."

카시아스는 정색을 하며 부인했다. 그런 마음이 없는 것은 아니지만 지금은 그보다는 워리어스들을 이렇게 아무런 제약 없이 방치하는 그 무모함이 궁금했던 것이다.

"그건 불가능하다."

벨포스는 너무도 간단하게 결론지었다.

"마나를 사용한다면 워리어스들은 일당백의 전사들이 될 것입니다. 그런데 불가능하다니요?"

카시아스는 벨포스가 너무 쉽게 결론 내리는 것이라 보았다. 워리어스의 강함은 벨포스 자신이 더 잘 알 텐데 말이다.

"마나를 운용하지 못하게 만드는 마도구들이 존재한다."

"개미굴에서 씌웠던 목걸이 말이군요."

카시아스는 개미굴을 떠올렸다. 이동할 때에는 항상 목에 씌웠던 것. 그것만 쓰면 마나는커녕 온몸의 힘이 다 빠져나가는 느낌이 들지 않았던가.

"목걸이? 뭐 그런 것도 있겠지만 그것만으로는 부족하지."

"그럼 또 다른 게 있단 말입니까?"

"예를 들면 이곳 양성소 내에 있는 모든 워리어스의 마나를 운용하지 못하도록 할 수 있다."

벨포스는 전혀 몰랐던 이야기를 해주었다. 아마도 양성소 안에는 특별한 장치들이 되어 있는 듯했다. 마치 개미굴의 목걸이처럼 마나를 제한하는 그런 장치들이다.

"그, 그게 정말입니까?"

몰랐던 이야기에 카시아스도 상당히 놀랐다. 설마 그런 대비가 되어 있을 줄은 몰랐던 것이다. 무엇보다 개인이 아닌 양성소 전체의 마나를 통제한다는 게 더 놀라웠다.

"그렇다. 또한 양성소뿐만 아니라 비잔티움 전역의 마나까지도 차단할 수 있지. 그렇게 되면 워리어스들은 그저 가진 바 육체적인 힘으로만 싸울 수 있는데 반란이 가능하겠나? 워리어스가 강하다지만 비잔티움의 경비대와 기사단 역시 강하다. 각 양성소에서 최고의 마나 수련법과 검술, 그리고 투술을 제공받아 수련하기 때문이지. 무엇보다 중요한 건 그들의 마나는 통제받지 않는다. 워리어스는 마나를 운용하지 못하는 상태에서 맞서게 되는 것이지. 너도 경험하지 않았나? 이번 테스트에서 마나 없이 상대하는 게 얼마나 힘든 일인지."

"으음. 그랬지요."

벨포스는 마나를 통제하는 부분에 대해서 자세하게 설명해 주었다. 과연 대단한 마도구였다. 그렇게 넓은 지역에 영향을 미칠 수 있는 마도구라니 놀랄 수밖에 없었다.

하긴 다른 세상에서 강제로 차원이동까지 시키는 자들이 무엇인들 못하랴.

또한 비잔티움의 경비대와 기사단 역시 워리어스들과 같은, 아니, 더 우수한 검술과 마나 수련법으로 무장했다면 그야말로 계란으로 바위를 치는 격이 될 것이다.

카시아스의 생각과는 달리 비잔티움에서는 생각보다 치밀하게 워리어스들의 반란에 대비한 안배들이 되어 있었다.

"혹시라도 반란을 생각하고 있다면 일찌감치 포기해라. 시작하자마자 바로 진압될 것이다. 그리고 그 뒤에 가해지는 처벌은… 네 예상을 훨씬 뛰어넘은 것일 테니까."

벨포스는 같은 워리어스 출신으로서 진지하게 충고했다. 본래 신참 대부분은 처음에 반란을 생각한다. 자신도 그랬고 이곳의 워리어스들도 그랬다.

갑작스레 납치되어 온 낯선 세상. 처음으로 하는 일은 함께 잡혀온 자들을 모조리 도륙하는 것, 그리고 시작되는 노예의 삶. 처음부터 워리어스의 삶을 원하는 이들은 없었다.

대부분은 이곳에 적응하며 살아가지만 간혹 끝까지 적응하지 못하고 반란을 일으키는 자들이 있다.

하지만 그들의 끝은 그야말로 처참했다. 직접 눈으로 보고 겪은 벨포스는 불가능한 희망으로 목숨을 잃는 것에는 반대했다.

"그냥 궁금해서 여쭌 것입니다. 참, 그런데 마나를 측정하는 이유는 무엇입니까?"

카시아스는 화제를 돌렸다. 어차피 반란은 불가능해 보였고 혼자서 할 수 있는 일을 찾아볼 셈이다. 당장은 여러 가지 신비한 기능을 가지고 있는 마도구들에 대해서 알고 싶었다.

"그건 일종의 통행증과 같은 것이다."

"통행증이라니요?"

"콜로세움에 설 수 있는 자격이 주어지는 것이지. 워리어스의 마나 수치가 높을수록 양성소의 명예는 올라간다. 최강의 워리어스를 소유한 양성소는 우선권이 있지."

"아, 그렇군요. 대답해 주셔서 감사합니다."

카시아스는 비로소 가지고 있던 의문의 상당수를 풀게 되었다. 매달 시행되는 마나 측정은 곧 양성소의 수준을 가늠하는 지표가 되고 있었다. 그 지표에 따라 콜로세움에서의 경기 일정이 정해진다.

아무래도 강한 쪽에 유리한 대진표가 구성될 것이다. 강한 워리어스를 보유한 양성소가 유리한 셈이다.

하지만 마나 측정이 과연 얼마나 정확하게 측정할 수 있는 것인지는 알 수 없었다.

삐이이익!

"점심 식사까지 휴식! 한 시에 집합한다! 해산!"

벨포스는 휴식 시간을 할애했다. 훈련도 중요하지만 휴식 역시 그에 못지않게 중요하기 때문이다.

"휴우우! 나도 예전에 빡세게 수련한다고 생각했는데 이건 뭐, 다들 인간이 아닌 것 같아."

샤막은 땀에 흠뻑 젖어서는 쓰러지듯 벽에 기댔다. 기사가 되기 위해 어려서부터 얼마나 고생을 했던가. 기사가 된 후에도 강해지기 위해 하루도 검술을 거른 적이 없었다.

그런데 이곳에서의 훈련은 샤막이 훈련했던 강도를 한참 벗어나 있었다. 아직 본격적인 수련을 시작한 것도 아니고 그저 체력과 기본기를 단련하는 게 이 정도다.

독하기로 소문난 샤막도 혀를 내두를 정도다.

"나도 굉장히 놀랐다. 그저 조금 강한 정도인 줄 알았는데 하나하나가 대단한 자들이야. 무엇보다 수백 년간 쌓여온 온갖 검술과 투술에 마나 수련법까지. 이곳에서 수련한다면 어떤 세상에서보다 더 효율적으로 강해지겠지?"

카시아스도 샤막의 말에 백번 공감했다. 알면 알수록 두려운 마음이 들 정도다.

워리어스들의 강함은 상상을 초월했고, 무엇보다 양성소의 시스템 자체가 가장 큰 무기나 다름없었다.

만일 이런 양성소가 단 하나만 존재했다면 강호무림을 발아래 두는 것도 어렵지 않은 일일 것이다.

"다른 세상은 모르겠지만 여기선 강해질 수밖에 없다는 데에는 동감한다."

샤막도 이론이 없었다.

"그런데 기사 출신이라고 했지?"

"그래. 왜?"

"너희들도 양성소에서 얻은 검술과 마나 수련법을 익혔나?"

카시아스는 벨포스가 했던 말을 떠올렸다. 그 말대로라면 워리어스 양성소는 그저 사사로운 집단으로 보기는 어려웠다. 국가 권력, 특히 군 세력과 밀접하게 관련되어 있을 가능성이 높은 것이다.

"우리도 나름대로의 검술과 마나 수련법이 있었지. 그게 양성소에서 가져온 건지는 모르겠지만."

샤막도 자세한 부분은 알지 못했다. 비잔티움에는 워낙 다양한 검술이 존재했고, 그 원류를 찾아낸다는 것은 불가능에 가까웠다. 그만큼 수많은 검술이 다양하게 보급된 것이다.

"수준이 어때? 여기에 비하면."

"막상 겪어보니까 내가 있던 곳은 어린애 수준이지. 지난번 테스트 때 마나 없이 겨루기는 했지만 예전만큼의 마나를 사용했다고 해도 그냥 졌을 거야."

샤막은 실력 차이를 받아들였다. 그만큼 워리어스들의 수준이 상당했던 것이다.

"그럼 시 경비대나 기사단의 수준은 어때?"

"그쪽은 완전 정예들이고. 우리와는 굉장한 차이가 있지. 여기서도 정예병이나 기사단은 대우가 끝내주거든. 엄청 강한 건 확실하다. 여느 기사단과는 비교할 바도 못 돼."

샤막은 시 직할의 정예 병력에 대해서 아는 대로 이야기해 주었다. 비잔티움 인구의 십분의 일밖에 되지 않는 시민들과 대다수를 차지하는 노예들.

이런 불균형한 인구 비를 가지고서도 도시를 운영하고 치안을 유지한다는 건 정예 병력의 수준이 넘볼 수 없는 실력을 보유하고 있기에 가능한 일이다.

소수가 다수를 지배한다는 것이 결코 말처럼 쉽지 않기 때문이다. 그 이면에는 양성소에서 제공되는 수준 높은 검술과 투술, 그리고 마나 수련법이 뒷받침되기에 가능한 일이었다.

"그럼 정예 병력에만 최상의 기술이 전수된다는 뜻이군."

"뭐, 그렇겠지."

카시아스는 양성소와 군의 관계에 대해서 대략적으로 그림이 그려졌다. 공생관계였던 것이다.

콜로세움의 대회는 시민들의 관심을 끄는 목적 외에도 보다 강한 힘을 얻기 위한 목적도 함께 존재한다는 걸 눈치챌 수 있었다.

수많은 세상에서 건너온 강자들.

그들의 힘을 분석하고 연구해 더 강한 힘을 만들어내는 곳이 바로 양성소인 셈이다. 그리고 그러한 힘을 실전에서 시험하는 곳이 바로 콜로세움이었다.

"워매, 삭신이여! 아주 죽겠구마이."

로베르토가 다 죽어가는 표정으로 와서는 누워버렸다. 온몸이 안 아픈 곳이 없었다.

"로베르토, 아무리 힘들어도 아까처럼 대들지 마라. 정말 죽을 수도 있다."

"샤막의 말이 맞다. 아까는 보는 우리가 더 조마조마했다. 여기서 죽기엔 억울하잖아."

샤막의 충고에 카시아스도 거들었다.

"아까는 승질이 뻗쳐서 내가 헤까닥 돌아부렀다니께."

로베르토도 자신의 잘못을 알기에 순순히 받아들였다.

"아무튼 조심해라."

"쳇. 죽은 듯이 자빠져 있어야지 별수 있는감?"

로베르토는 기분이 좋지는 않았지만 선택의 여지는 없었다. 어떻게든 살아남는 것보다 중요한 건 없는 것이다.

"어이, 신참들! 사이가 좋은데? 출신도 다른데 말이야."

소환수 서열 2위, 리더 격인 테일러 다음의 실력자 헤수스가 카시아스 일행에게 말을 걸었다. 친해지려고 한다기보다는 못마땅한지 시비에 가까웠다.

"우린 출신 같은 데 별로 구애받지 않아서."

카시아스는 문제를 일으키고 싶지 않았기에 대수롭지 않게 받아넘겼다.

"그래도 필요할 땐 동료가 제일이거든. 투견 놈들은 언제 뒤통수를 때릴지 몰라. 그렇게 살아온 종자들이니까."

헤수스는 대놓고 투견에 대해서 비난했다. 샤막을 향한 눈빛에는 적의가 가득했다.

"우린 다 같은 동료 아닌가?"

카시아스는 노골적으로 투견을 무시하는 헤수스의 태도가 마음에 들지 않았지만 꾹 참았다.

"동료? 큭큭. 투견들과 동료라……. 아직 여기 물정을 모르는군. 곧 알게 되겠지만 내가 충고 하나 하지. 투견들은 멀리 하는 게 좋다. 그게 조금이라도 오래 사는 길이다."

헤수스는 썩소를 지으며 샤막에게 노골적으로 적대감을 드러냈다. 아무래도 뭔가 사연이 있는 듯했다.

"충고는 고맙지만 난 출신에 구애받고 싶지는 않다. 우리 모두 마찬가지다."

카시아스는 태연함을 유지하며 차분한 목소리로, 하지만 자신의 생각을 분명히 표현했다.

"계속 투견과 어울린다면 너희들도 투견이 되는 거야. 하지만 투견들도 안 받아줄걸? 그럼 너희들은 오갈 데 없는 신세가 되는 거지. 콜로세움은 만만한 곳이 아니다. 동료의 도움 없이는 절대로 살아 돌아올 수 없는 곳이니까."

"자꾸 투견, 투견 하는데 뭐 그것까지는 좋다 이거야. 그런데 너무하잖아? 내가 무슨 피해를 준 것도 아닌데."

헤수스의 충고는 샤막을 계속해서 자극했다. 샤막도 발끈해서는 따져 물었다. 소환수와 투견의 사이가 안 좋은 건 알지만 이렇게 노골적으로 나올지는 몰랐던 것이다.

"네놈이 투견이라는 이유만으로도 엄청난 민폐라는 걸 모르겠냐? 비열한 새끼!"

헤수스는 샤막을 아예 사람 취급도 해주지 않았다. 누가 보면 샤막과 과거에 엄청난 원한이라도 진 것처럼 보였다.

"내가 뭘 그리 잘못했는데? 뭐, 우리가 사형수라는 건 사실이야. 하지만 너한테 피해 준 건 없잖아?"

샤막은 억울했는지 하나하나 따지고 들었다. 범죄를 저지른 부분에 대해서 비난하는 건 이해하지만 막연히 투견이라는 이유만으로 이렇게까지 미움 받을 이유가 무엇이란 말인가.

"샤막은 다른 범죄자들하고는 다르다. 너도 그 사정은 알 겠지. 사내라면 누구나 그렇게 행동했을 것이다. 그러니 사형수라고 무조건 무시하지 않았으면 한다."

카시아스가 샤막을 옹호하고 나섰다. 다른 흉악한 범죄를 저지른 자들과 샤막은 근본부터 다르지 않은가. 단지 범죄자를 싫어하는 것이라면 굳이 샤막을 몰아붙일 이유는 없었다.

"이놈이 사형수든 막장이든 별 관심 없는데?"

이들의 예상과는 달리 헤수스의 관심은 따로 있는 듯했다. 샤막이 지은 죄의 내용과는 별개인 듯 보였다.

"그럼 왜 자꾸 무시하는데?"

"투견이니까!"

"그러니까, 투견이 왜?"

샤막은 뜨거운 것이 치밀었지만 애써 참았다. 그냥 말장난도 아니고 아무 이유 없이 투견이라고 싫어한다는 건 생과 사를 함께하는 동료로서 너무한 처사가 아닌가.

"아직 못 들었나? 투견들이 지들 살기 위해 우리를 제물로 밀어 넣은 걸?"

헤수스의 눈빛이 더욱 매서워졌다. 살기마저 감돌았다. 그의 입에서 나오는 내용은 전혀 생소한 것들이다.

"그게 무슨 말이야? 무슨 일이라도 있었던 거야?"

샤막도 헤수스에게 뭔가 사연이 있다는 걸 눈치챘다. 하지만 그게 무엇이든 자신과 무슨 관련이란 말인가.

"홍. 투견답게 시치미는. 아무튼 조심하는 게 좋을 거다. 난 절대 봐줄 생각이 없으니까. 거슬리지 않는 게 좋아."

헤수스는 자세한 사정은 이야기하지 않은 채 가버렸다. 당하는 입장에서는 그야말로 미칠 노릇이다.

"젠장. 뭐야? 내가 뭘 했다고?"

샤막은 기분을 완전히 잡쳤다. 무슨 영문인지는 알고 욕을 먹어도 먹어야 하는 게 아닌가.

"무시하드라고. 원래 소환수하고 투견들 사이가 안 좋다고 했잖여. 그냥 그러려니 하드라고."

로베르토는 샤막이 사고치지 않도록 잘 다독였다.

"조심하는 게 좋겠다. 웬만하면 어느 쪽도 자극하지 말자. 이곳의 분위기도 아직은 모르겠고 또 어떤 사연들이 있는지도 모르니까. 섣불리 행동하지 않는 게 좋겠다."

"그래야지. 괜한 시비에 휘말리는 건 나도 싫으니까."

"그냥 우리끼리 똘똘 뭉치면 되는 거여."

카시아스는 돌아가는 분위기가 심상치 않다는 걸 느꼈다. 테스트할 때만 해도 별다른 느낌이 없었는데 오늘 훈련장에 나왔을 때부터 묘한 기류가 흐르는 게 느껴진 것이다.

소환수들과 투견들은 서로를 경계했고 같이 어울리는 법

도 없었다. 필요한 최소한의 대화 외에는 서로 말도 하지 않았다. 그러한 분위기에 카시아스 일행은 함께 어울리고 있는 것이다.

자연히 눈에 거슬릴 수밖에 없었다. 이런 분위기가 계속된다면 언제고 큰 사단이 나도 날 것이다.

살아남으려면 최대한 워리어스들을 자극하지 않고 있는 듯 없는 듯 튀지 않는 게 중요했다.

"너! 샤막이라고 했지?"

"그런데?"

"이리 와봐!"

이번에는 투견 쪽에서 왔다. 투견 중에서도 상위에 위치한 실력자 제이콥이었다.

"으음, 어쩌지? 또 시비 거는 것 같은데?"

샤막은 난감했다. 소환수에 이어 이번에는 투견까지 자신을 타깃으로 삼은 것 같았다. 그도 그럴 것이, 소환수 둘 사이에 껴 있으니 모든 화살이 자신에게 쏠리는 게 아닌가.

"일단 가봐. 가만히 있어도 시비 걸리는 건 마찬가지니까. 워리어스가 될 때까지는 최대한 참아."

"젠장. 갔다 올게."

샤막은 하는 수 없이 제이콥에게로 갔다. 원하는 대로 해주는 게 충돌을 피할 수 있을 것 같았기 때문이다.

"난 제이콥이다."

"알고 있어."

"개미굴을 갔다고? 투견 중 개미굴 출신은 처음 보는군."

"나도 그렇게 들었다."

제이콥은 흥미로운 듯 샤막을 한동안 살폈다. 투견이면서 소환수들을 죽이고 살아남은 자, 그게 샤막인 것이다.

"알겠지만 소환수들은 우리를 싫어한다. 아니, 그 이상이지. 결국 이 세상에서 납치해 온 것이나 다름없으니까."

제이콥은 소환수들과 투견의 사이가 나쁠 수밖에 없는 이유를 나름대로 말해주었다. 근본 원인이 소환수에게 있다는 말이다.

"그렇겠지. 그런데 날 왜 보자고 했지?"

다 아는 이야기였기에 샤막은 직접적인 용건을 물었다. 소환수와 투견의 다툼에는 별 관심이 없었다.

"콜로세움에서는 언제나 예기치 못한 상황이 생긴다. 가령 누군가는 희생되어야만 하는 그런 상황 말이지."

"그게… 무슨 말이야?"

제이콥의 말 속에는 어떤 다른 의미가 담겨 있었다. 샤막은 그 의미를 곧바로 눈치챘다.

"희생되는 그 누군가를 소환수들은 우리로 생각한다. 가장 위험한 순간은 소환수들에게 등을 보였을 때라는 걸 잊지 마라."

제이콥은 샤막에게 시비를 걸러 온 게 아닌 것 같았다. 오히려 샤막에게 충고를 해주었다.

"설마… 동료끼리 죽인다는 거야?"

샤막의 표정이 찌푸려졌다. 지금까지 콜로세움에서 싸울 상대는 다른 양성소의 워리어스라는 생각만 했는데 제이콥의 이야기는 전혀 다른 것이다.

"너도 경험하게 되겠지만 그런 경우는 거의 매번 생기지. 지난번에도 그랬고."

제이콥의 표정이 사나워졌다. 이전 대회 때 아무래도 뭔가 사건이 있었던 것 같다.

"소환수들이 투견을 죽인다는 거야, 이전 대회 때 같은 동료에게 죽은 거야?"

샤막도 제이콥의 이야기를 그냥 흘려 버릴 수는 없었다. 설마 이 정도의 이야기를 지어낼 것 같지는 않았던 것이다.

"이번엔 우리가 갚아줬지. 다음번엔 누가 당할지 모르지만."

"으음."

샤막은 절로 신음성이 흘러나왔다. 제이콥의 말대로라면 자신들이 없었던 전 대회 때 투견들이 소환수를 죽였다는 건 분명한 사실로 보였다.

이런 일이 반복된다면 소환수와 투견의 사이가 좋아지는 건 불가능한 일이다.

"명심해라! 소환수들은 절대로 우리와 친구가 될 수 없다. 너 같은 놈은 첫 번째 희생자가 될 뿐이다. 항상 그래 왔다. 소환수들과 잘 지내보고자 알랑거렸던 놈이 첫 번째로 희생되지."

제이콥은 샤막에게 강하게 경고했다.

"난… 절대 당하지 않아."

샤막은 단호하게 말했다. 어떤 이유에서든 죽을 생각은 없었다. 아직은 해야 할 일이 남아 있기 때문이다.

"그래야지. 기왕 누군가 희생해야 한다면 그건 우리가 아니라 소환수가 되어야 한다. 명심해라."

제이콥은 확실히 당부했다. 단지 소환수들과의 감정싸움만은 아닌 게 확실했다.

"잘은 모르겠지만 알려줘서 고맙다."

샤막은 일단 감사의 뜻을 전했다. 믿기 힘든 이야기지만 사실이라면 언젠가 목숨을 구할 수 있는 내용이었다.

"다른 신참들하고도 거리를 두는 게 좋아. 저들도 곧 소환수들과 어울리게 될 거야. 그럼 넌 저들을 위한 희생양밖에 안 돼. 콜로세움에서 느끼게 될 것이다. 만일 내 말을 듣지 않는다면 그곳이 네 마지막이 되겠지. 명심해라."

"으음."

제이콥은 마지막으로 경고하고는 돌아갔다.

샤막은 깊은 고민에 빠졌다. 제이콥의 말이 어디까지 사실일지는 알 수 없었다. 하지만 콜로세움에서의 적은 상대 워리어스만이 아니라 동료 중에도 있다는 걸 알았다는 데 의미가 있었다.

"샤막, 무슨 일이야?"

"그게… 나중에 말해줄게."

샤막의 표정이 좋지 않자 카시아스가 걱정스레 물었다. 하지만 샤막은 여전히 생각에 잠겨 있었다.

"별일 없는 거지?"

"아, 응."

카시아스가 다시금 묻자 샤막은 살짝 웃음 지었다. 말을 해야 할까 말아야 할까 고민 중이다.

"안 어울리게 웬 개폼이여? 힘내드라고!"

"아, 그래."

로베르토까지 나섰지만 샤막은 여전히 결정을 내리지 못했다. 이런 이야기를 하기에는 일단 주변에 워리어스들이 많았고, 카시아스와 로베르토가 어떻게 반응할지 알 수 없었기 때문이다.

만일 제이콥의 말이 사실이라면 언젠가 카시아스와 로베르토 대신 희생당하게 될 텐데 그럴 수는 없었다. 샤막에게는 살아남아야 하는 이유가 아직 남아 있었다.

WARRIORS

"아아아아악!"
여인은 자지러지는 비명을 지르며 힘겨워했다.
"조금만 힘을 내! 얼마 안 남았어!"
산파는 여인을 격려하며 재촉했다. 이제 조금만 더 힘을 쓰면 아이가 나올 참이다.
"아아아아악!"
"조금만 더!"
산모와 산파 모두 온 힘을 다했다.
"아아아아악!"

"애애앵! 응애응애!"
드디어 힘찬 울음소리와 함께 아이가 태어났다.

"상주님! 아이가 태어났습니다! 사내랍니다!"
"그래? 가지."
로비우스의 입꼬리가 올라갔다. 무척이나 기다린 모양이다. 총관 예르크의 보고를 듣자마자 곧장 산모에게로 갔다.

"흑흑, 아가야, 넌 반드시 내가 살릴 테다. 두려워하지 말거라. 네 아버지는 누구보다 강한 사람이란다. 언젠가 반드시 너를 데리러 오실 거야. 그러니 씩씩하게 자라주렴."
산모는 아이를 안고는 눈물을 흘렸다. 그건 기쁨의 눈물만은 아니었다. 앞으로 닥칠 아이의 운명에 대한 걱정과 두려움이었다.
"큭큭큭, 울음소리가 아주 우렁차구만."
로비우스는 산모를 음흉한 눈빛으로 보며 말했다.
"제발 아이만은 살려주세요! 시키시면 뭐든지 하겠어요! 아이만은 제발!"
여인은 애원했다.
"뭐든지 하겠다?"
로비우스의 입꼬리가 더욱 치켜 올라갔다.

"아이만 살려주세요."

여인은 그저 아이에 대한 걱정뿐이다.

"묻지 않느냐?"

"뭐든 하겠어요."

"좋다, 아이를 살려주마."

로비우스는 흔쾌히 허락했다. 예상치 못한 반응이었다.

"감사합니다. 감사합니다."

여인은 머리를 조아리며 연신 감사해했다. 당장 아이를 죽일 줄 알았는데 다행히 목숨은 건진 것이다.

"총관, 아이를 가져와라!"

"안 돼요! 아이는 살려주신다고 했잖아요!"

예르크가 아이를 뺏으려 하자 여인은 필사적으로 저항했다.

"누가 죽인다더냐? 내가 잘 보살필 테니 넌 신경 쓰지 말고 내 말만 들으면 되느니. 뭐하나? 얼른 가져오지 않고."

"안 돼요!"

"이리 내!"

로비우스의 호통에 예르크는 힘으로 아이를 빼앗았다.

"아아아아! 제발……!"

여인은 금방이라도 쓰러질 것처럼 온몸에 힘이 빠졌다. 하지만 아이를 살려야 한다는 의지 하나만으로 버티고 있었다.

"여기 있습니다."

"일단 가져가게. 난 예서 볼일이 있으니."

"예. 그럼."

총관 예르크는 아이를 안고는 나갔다.

"클클클. 어디 보자. 여전히 어여쁘구나."

"하지 마세요!"

로비우스는 침대로 가서는 여인의 얼굴과 가슴을 어루만졌다. 그의 눈빛은 짐승 같았고 손길은 뱀처럼 소름 끼쳤다. 여인은 강하게 뿌리치며 저항했다.

"방금 전에 뭐든지 하겠다고 하지 않았더냐? 이년이 제 아이를 죽이고 싶은가 보구나. 여봐라! 당장 그 아이를……."

"뭐든 하겠어요. 죄송해요. 제가 잠시 미쳤었나 봐요."

로비우스가 아이를 해치려고 하자 여인은 기겁을 해서는 얼른 무릎 꿇었다.

"그래, 그렇게 나와야지. 자, 일단 내 옷부터 벗겨줘야지?"

로비우스는 침대에 턱하니 누워서는 팔다리를 벌렸다.

"분부하신 대로… 하겠어요."

여인은 죽고 싶었지만 마지못해 로비우스의 지시에 따랐다. 그녀는 로비우스의 옷을 하나하나 벗기기 시작했다.

"뭐하느냐? 이제 나를 즐겁게 해주어야 하지 않느냐?"

"흑흑."

로비우스의 노골적인 요구에 여인은 참았던 울음이 터져 나왔다. 이 얼마나 잔혹한 운명이란 말인가.

"왜 울고 그러느냐? 우리가 함께 즐겼던 게 한두 번도 아니고. 아직 잊지 않았지? 자, 그때처럼 해보자꾸나. 어서."

로비우스는 계속해서 여인에게 요구했다. 그의 눈빛은 욕망으로 물들어 있었다.

"흑흑, 아이는… 살려주시는 거죠?"

여인은 다시 한 번 아이의 안전을 다짐받고자 했다.

"약속하지. 단 네년이 내 말을 잘 들었을 때만 아이의 살길이 열릴 것이다. 혹시 아느냐? 그 아이를 다시 네게 줄지."

"정, 정말이세요?"

여인의 눈이 부릅떠졌다. 어쩌면 이것이 끝이 아닌지도 몰랐다. 만일 아이를 돌려받을 수만 있다면 못할 일이 무엇이 있겠는가. 여인에게도 한 가닥 희망이 생겼다.

"그렇다마다. 삼 년! 삼 년 동안 네년이 내 말을 거역하지 않는다면 돌려주마. 단, 내가 시키는 일은 무엇이든 해야 한다. 네년이 힘들다고 목숨이라도 끊는다면 네 아이의 목숨도 같이 끊어질 것이다."

"할 수 있어요. 뭐든 할 수 있어요."

로비우스는 아이를 담보로 엄하게 경고했다. 여인은 아이를 다시 찾겠다는 희망이 생기자 왠지 힘이 났다. 삼 년이라면 길고도 짧은 시간. 삼 년만 버티면 되는 것이다.

"그럼 어서 해보래도? 나를 즐겁게 해주어야지. 호호호."

로비우스는 욕망에 들떠 입이 헤벌쭉 벌어졌다.

"네, 하겠어요."

스르르륵.

여인은 삼 년간은 온 힘을 다해 버텨보기로 했다. 이를 악물고 옷을 벗고는 로비우스에게 몸을 기댔다.

"아이는?"

여인을 실컷 괴롭히며 재미를 본 로비우스는 만족스러운 얼굴로 와서는 아이부터 찾았다.

"일단 하녀에게 맡겼습니다. 어찌 처리할까요?"

"내가 알아서 할 테니 신경 쓰지 마라."

"알겠습니다. 갔던 일은 잘 보셨는지요?"

"고년, 여전히 예쁘더구나. 하지만 예전 같은 쾌감은 느껴지지가 않아. 괘씸한 년!"

로비우스는 실컷 여인을 농락해 놓고 오히려 불평을 늘어놓았다. 뭔가 성에 안 찬 모양이다.

"지시하신 대로 처리할까요?"

"일단 아랫것들에게 실컷 가지고 놀라고 주거라. 그 후에는 매음굴에 처넣도록! 사내 맛이나 실컷 보게 말이다. 단, 절대로 죽여선 안 된다. 어떤 경우에도 살려두도록 일러라."

"분부하신 대로 하겠습니다."

로비우스는 여인을 완전히 망가뜨릴 생각이었다. 살아도 산 게 아닌, 남자들의 성욕을 풀어주는 산송장으로 만드는 게 목적이었다.

"참, 그래도 아비에게 소식은 알려야겠지?"

"여부가 있겠습니까? 인지상정이지요. 큭큭."

총관 예르크는 재미난 표정으로 웃었다. 잔인한 계획이지만 당하는 입장에서는 죽고 싶을 만큼 잔혹한 고통을 받게 될 것이다.

"매음굴에 처넣고 나면 알려주도록. 최대한 망가진 후에 말이다. 그래야 더 애틋할 테니까."

"알겠습니다."

로비우스는 악명만큼이나 잔인한 인물이었다.

"클클클. 샤막 이놈! 감히 나를 건드려? 네놈이 살아 있는 자체가 곧 고통이 될 것이다."

생각만 해도 통쾌한지 로비우스는 절로 웃음이 나왔다. 이 모든 건 샤막에 대한 복수였다. 아이를 낳은 여인은 샤막이 사랑했던 줄리아이고 아이는 샤막의 아이였다.

* * *

우우우우웅.

마나가 전신을 타고 돌았다. 강렬한 기운이 골고루 느껴졌다. 벨포스가 전해준 마나 수련법은 굉장했다. 과거에 비해 마나가 쌓이는 양이나 속도가 몇 배나 빨랐던 것이다.

특이한 점은 마나가 단전에 모이는 게 아니라 고리 모양을 만들면서 심장에 모였다.

"으음. 과연 마나 수련법도 이전 세상과는 다르구나. 굉장히 효율적이야. 이 정도의 심법이라면 강호에서 그야말로 서로 차지하기 위해 피바람이 불겠구나."

마스터 벨포스가 알려준 마나 수련법은 카시아스가 접해본 강호의 모든 내공심법을 망라하더라도 단연 발군이었다. 무엇보다 수련 기간을 획기적으로 단축할 수 있었고 마나의 질 또한 순수하기 그지없었다. 상승의 내공심법이 분명했다.

"하지만 나랑은 좀 안 맞는 것 같은데. 내 검과는 뭔가 어긋나는 것 같아. 내 검이 여기선 너무 구식인가?"

처음엔 마나 수련법을 통해 빠르게 예전의 내공을 얻으려 했지만 수련하면 할수록 뭔가 이질감이 느껴졌다. 하지만 마나 수련법에 대해서 의심하지는 않았다.

이곳은 검술이든 마나 수련법이든 이전 세상의 것보다는 훨씬 발전된 형태였기 때문이다.

"새로운 것도 좋지만 일단은 내 본래의 힘부터 찾는 게 먼저다. 그 후에 이곳의 새로운 검술로 보완을 하던가 해야겠군."

카시아스는 쉽게 가기보다는 일단 정공법을 택했다. 처음의 힘 위에 새로운 힘을 가미하기 위함이었다.

"카시아스, 잠깐 얘기 좀 하자."

카시아스가 내공 수련을 하는 사이 샤막과 로베르토가 왔다.

"그래, 무슨 일인데 다들 온 거야?"

"나도 모른당께. 다짜고짜 따라오라고 해서 그냥 왔구마이."

로베르토는 투덜대며 앉았다.

"표정이 별로 안 좋은데?"

카시아스는 뭔가 좋지 않은 일이라는 걸 직감했다.

"일단 잘 들어. 절대 티내지 말고. 확실한 건 아니니까. 특히 로베르토 너, 흥분하지 말고."

"왜 가만히 있는 나를 가지고 그러는 거여? 내가 뭘 워쨌다고."

"지금처럼 큰 소리로 떠들지 말라고."

"쳇. 알았당께."

샤막은 우선 로베르토에게 단단히 주의를 주었다. 그만큼 이번에 꺼낼 내용이 심각한 듯했다.

"소환수들과 투견들이 사이가 안 좋은 건 다들 알지?"

"아무리 눈치가 없어도 그걸 모를까 봐? 저렇게 티들 내는디?"

"무슨 문제라도 있어?"

너무나 뻔한 소리에 카시아스와 로베르토는 별 반응을 보이지 않았다.

"우리가 오기 전 대회 때 말이야, 그때 서로 죽인 것 같아."

"뭐, 뭐여?"

"그게… 정말이야?"

샤막의 이야기에 로베르토는 물론 카시아스까지도 놀란 입을 다물지 못했다.

두 그룹 간의 사이가 안 좋은 것이야 이미 아는 것이지만 서로를 죽일 정도까지 적대하고 있는 줄은 몰랐기 때문이다. 무엇보다 워리어스 간의 살인은 즉결 처형이 아닌가.

믿기 힘든 내용이었다.

"응. 이전 대회 때는 투견들이 소환수를 죽였다고 하는데 그전 대회에서는 소환수들이 투견을 죽인 것 같아."

"그, 그런……"

"이게 워떻게 돌아가는 판이여?"

이어지는 샤막의 이야기는 더욱 충격적이었다. 어떻게 그런 일이 벌어질 수 있는지 알 수가 없었다. 샤막의 말대로라면 지금 클라니우스 양성소에서는 원수가 함께 지내는 게 아닌가.

"이번 피의 제전에서도 무슨 일이 생길지 알 수 없어. 아마도 투견이든 소환수든 서로 죽이게 될지도 몰라."

샤막은 걱정스레 말했다.

"다 같은 동료가 아닌가? 이곳에서야 어느 정도 서열이 나눠지고 소환수와 투견이 대립하지만 콜로세움에서는 믿을 수 있는 동료라고 알고 있는데."

"나도 그렇게 알았는데 그런 일들이 있었나 봐."

카시아스는 혼란스러웠다. 워리어스 간에 믿지 못한다면 어떻게 목숨을 내걸고 싸우겠는가.

"그럼 요즘 투견들하고 어울리며 했던 이야기가……."

카시아스는 근래 샤막이 투견들과 자주 어울리는 모습을 봤는데 그 이유를 짐작하게 되었다. 소환수들이 자꾸 시비를 걸어 투견에게 기운 줄 알았는데 그게 아니었던 것이다.

샤막은 제이콥에게 처음 그런 이야기를 듣고 난 후에 그 말이 사실인지 확인하고자 한동안 어울렸던 것이다.

"맞아. 제이콥에게 처음 들었는데 확인이 필요했어. 처음엔 말해주지 않다가 근래에 들어와서 말해주더라고. 그런 일이 있었다고. 이번에도 조심해야 한다고."

"그래서 소환수와 투견들의 사이가 이렇게 나빴던 거군."

카시아스는 지나치게 대립하는 두 그룹의 태도가 이해하기 힘들었는데 이제는 납득이 되었다.

이미 서로의 목숨을 빼앗은 마당에 믿고 의지하는 동료가 될 수는 없는 것이다.

"그렇겠지. 서로를 죽이는 마당에 믿을 수가 없는 거지. 언제 뒤에서 검을 찌를지 모르니까. 이쯤 되면 동료라고 할 수도 없어."

샤막도 같은 생각이었다. 이미 소환수와 투견 간에는 넘지 못할 강을 건넌 셈이다.

"그럼 우린 워떻게 해야 되는 거여?"

"그래서 이렇게 모이자고 한 거야."

"난감하군. 아직 우리는 워리어스도 아니고 아무런 발언권도 없는데. 왜 그런 일이 벌어졌는지 자세한 내막을 알아볼 수도 없잖아."

카시아스는 답답했지만 뭔가 할 수 있는 일이 없었다. 신참은 워리워스와는 급 자체가 달랐고 지금은 그저 시키는 대로 할 뿐 선택의 기회조차 없었기 때문이다.

"그래. 사실 내가 들은 이야기가 사실인지도 확인할 수는 없어. 다만 지금의 분위기로 본다면 충분히 가능해 보이지만."

"우리의 적은 상대 워리어스뿐만이 아니라 동료도 포함된다는 거군. 이건 보통 위기가 아니야."

카시아스는 생각보다 심각한 상황이라는 걸 깨달았다. 낯선 환경이었고 거친 자들 틈에 있었지만 동료라는 믿음이 있었기에 함께할 수 있었던 것이다.

만일 이들이 모두 적이 될 수 있다면 지금처럼 시키는 일만 하면서 마음 편히 수련하는 건 불가능했다.

"마스터에게 물어보는 건 어떨까?"

"아니. 마스터는 공정하기는 해도 융통성은 별로 없는 위인이야. 만일 동료 간에 그런 일이 있었다는 걸 알게 되면 어떻게 나올지 몰라. 차라리 알리지 않는 게 나을 것 같다."

샤막의 제안에 카시아스는 고개를 저었다. 카시아스는 장군 출신으로 많은 사람들을 다루고 관리해 본 경험이 있었다. 사람 보는 눈은 꽤 정확한 편이다.

마스터 벨포스는 절대로 이번 일을 조용히 넘길 인물이 아니다. 관련자를 모두 처단하더라도 모든 사태가 깨끗이 마무리될 때까지 파헤칠 것이다.

그렇게 되면 클라니우스 양성소는 문을 닫아야 할지 모른다. 하지만 그렇게 놔둘 가주 샤갈이 아니다.

그에게 클라니우스 양성소는 전부였기 때문이다. 어쩌면 이 모든 사태를 덮어버리고 벨포스가 희생양이 될 소지도 다분했다. 그만큼 이번 일은 민감하면서도 엄청난 파장을 불러올 사건이었다.

"나도 그렇게 생각은 했는데 우리끼리 해결하기에는 너무 큰 문제라서."

샤막도 카시아스의 생각에는 어느 정도 공감했다. 하지만 문제는 달리 해결책이 없다는 점이다.

"일단은 우리 실력을 빨리 키우는 게 급선무다. 우리가 힘을 가진다면 어떤 위협에서든 벗어날 가능성이 높으니까. 지금 상태로는 저들 중에 누구라도 우리를 죽일 수 있으니까."

카시아스는 할 수 있는 것이 없다면 힘을 키우기로 했다. 적어도 누군가 등에서 찌를 때 피할 정도는 되어야 하지 않는가. 순순히 목숨을 내어줄 생각은 없었다.

"석 달 동안 얼마나 강해질 수 있을지."

"하는 데까지는 해봐야지."

"난 절대 죽지 않을 거여."

사태의 심각성에 모두 각오를 단단히 했다. 이제는 죽기 아니면 살기로 버티는 길뿐이다.

"만일 우리가 함께 설 기회가 생긴다면 서로 뒤를 봐주기로 하자. 모든 게 확실해질 때까지는 저들을 무작정 동료로 볼 수만은 없으니까. 그렇게 하자."

"우리끼리 뭉치는 수밖에. 알았다."

"내가 확실히 봐줄 것이여. 걱정하지 말드라고."

셋은 손을 맞잡고 결의를 다졌다. 비록 출신도 다르고 공통점도 없는 이들이지만 개미굴 동료라는 이유 하나로 동료가 되지 않았는가. 이제는 서로에게 힘이 되어줄 수 있는 유일한 친구가 되었다.

* * *

"여어! 샤갈!"

"여기까지 자네가 웬일인가?"

오로도스 가문의 가주 막시무스의 갑작스러운 방문에 샤갈은 일단은 반갑게 맞아주었다.

"우리 사이에 기별은, 지나는 길에 그냥 들렀지. 그래, 이번에 낚아챈 신참들은 쓸 만한가?"

"쳇. 괜한 돈 낭비 했지. 뭔가 사연이 있길래 포장해 보려고 했는데 막상 자질이 신통치가 않아."

막시무스의 물음에 샤갈은 잔뜩 찌푸린 얼굴로 고개를 저었다.

"설마 자네 안목을 아는데 그 정도일까."

막시무스는 그런 샤갈의 속마음을 꿰뚫는 듯한 눈빛으로 말했다. 샤갈의 불평이 거짓이라고 생각했기 때문이다.

어떻게 갚아주련?

"나라고 항상 제대로 된 물건만 고르는 건 아니잖나?"

"뭐 사람인 이상 실수할 때야 있는 법이지만."

막시무스는 더는 따지지 않고 넘어갔다.

"한 놈은 기본도 안 돼 있고 두 놈은 기본은 되어 있는데 영 적응을 못하고 있고."

샤갈은 신참 셋에 대한 불만을 연거푸 뱉어냈다. 무척이나 마음에 안 드는 모양이다.

"그거 참 안됐군. 내심 기대했는데 말이야. 얼마나 괜찮은 물건이길래 자네가 그리 낚아챘나 하고 말이야."

막시무스는 속아 넘어가는 척하면서도 뼈 있는 한마디로 샤갈을 공격했다.

"미안하게 됐네. 자네가 요즘 승승장구하길래 나도 욕심을 좀 내봤는데 괜히 자네 감정만 상하게 했어."

샤갈은 순순히 사과했다. 뇌물을 먹여 막시무스의 입찰 기회를 뺏어갔다는 걸 인정한 것이다.

"승승장구는 무슨, 자네에게 매번 밀리는데."

"세르게이 같은 자를 데리고 있으면서 엄살은. 그자 때문에 내가 개미굴을 눈 빠지게 지켜보는 게 아닌가?"

샤갈은 오로도스 가문의 워리어스 중 최강의 워리어스를 지목하며 칭찬을 아끼지 않았다. 세르게이는 삼 년 전에 막시무스가 경쟁 끝에 거액을 주고 데려온 인물로 첫 대회부터 상대를 모두 쓰러뜨리며 승리를 쟁취했는데 지금까지도 단 한 번 패했을 뿐 모두 승리한 강자 중의 강자였다.

체격은 크지 않고 오히려 호리호리했지만 그의 검술은 그야말로 발군이었다.

샤갈도 이에 자극을 받아 소환수들을 고르는 기준을 다소 바꾸는 계기가 되었고, 이번에 술수까지 써가며 신참을 데려온 이유도 결국에는 세르게이가 그 계기가 되었기 때문이었다.

"하하하, 자네 거짓말은 알면서도 속어 넘어간다니까."

자신의 워리어스를 칭찬해서 기분 나쁜 가주는 없다. 뻔히 속마음을 알면서도 막시무스의 기분은 나쁘지 않았다.

"거짓말이라니? 그럼 세르게이와 바꿀 텐가? 이번에 데려온 신참 셋 모두를 주지."

"농담은."

샤갈은 정색을 하며 막시무스에게 거래를 제안했다. 파격적인 조건이었다. 하지만 막시무스는 속이 뻔히 들여다보이는 행동에 그저 웃을 뿐이다.

"농담 같나? 지금 당장 계약서를 써주겠네. 어떤가? 교환할 생각이 있나?"

샤갈은 더욱 진지하게 거래를 밀어붙였다. 당장에라도 바꿀 기세였다.

"셋 모두를 주겠다는 말인가? 내가 알기로는 꽤나 거액을 지불했던데?"

이쯤 되니 막시무스도 당혹스러웠다. 샤갈의 제안이 진심인지 아닌지 헷갈리게 된 것이다. 세르게이를 사온 값에 비하면 신참 셋에게 들어간 돈은 거의 열 배였다.

그런데도 이렇게 선뜻 거래를 제안한다는 건 정말 신참들에게 실망을 많이 했는지도 모르는 일이다.

"돈값을 못하는데 그게 무슨 소용인가? 어떤가? 난 세르게이가 무척 탐이 나네만."

샤갈은 거래를 성사시키려는지 막시무스를 재촉했다. 정말 교환하고 싶은 것 같았다.

"하하하, 자네에게는 당할 수가 없군. 되었네. 지금껏 키워왔는데 어찌 그리 내보내겠나? 잘하든 못하든 품어가야지."

막시무스는 잠시 갈등하다가는 이내 웃음을 터뜨리며 좋게 마무리했다. 설령 샤갈의 말이 사실이라고 해도 바꿀 이유는 없었다. 세르게이는 오로도스 가문을 삼 년간 이만큼이나 이끌어온 최강의 워리어스였기 때문이다.

"자네가 부럽구만."

샤갈은 아쉬움을 감추지 않았다.

"신참이야 그렇다 쳐도 자네가 거느린 워리어스들도 쟁쟁하면서 무슨 엄살이 그리 심한가? 사실 테일러와 야콥은 세르게이와 대적해도 승부를 장담할 수 없을 텐데. 난 세르게이뿐이지만 자네는 둘을 가지고 있으니 자네가 나은 거지."

막시무스도 샤갈의 워리어스들을 띄워주었다. 사실 테일러나 야콥과는 승부할 기회가 없었기에 막시무스도 단정할 수는 없었다. 그만큼 테일러와 야콥은 다른 워리어스들과는 급이 달랐기 때문이다.

"나도 궁금하군. 과연 세르게이를 꺾을 수 있을지."

"이번 피의 제전에서 결판나지 않겠나?"

"누가 이기느냐에 따라 자네와 내 처지가 뒤바뀌겠군."

샤갈은 과연 승패의 향방이 어떻게 결정될지 걱정 반 기대 반의 심정이었다.

테일러와 야콥을 신임하지만 세르게이와의 승부는 누구도 예측할 수 없었다. 샤갈로서도 승리를 확신하지는 못했다.

"피의 제전이 이번 한 번만 열리는 것도 아니고 걱정은. 이번에 패하면 다음에 이기면 되는 것을."

"하긴, 내가 너무 조급했네."

워리어스의 승부에 대해서는 이쯤 마무리를 지었다. 여기서 백날 떠들어봐야 아무런 의미가 없는 것이다.

"그럼 본론부터 이야기할까?"

"그리하게."

막시무스는 샤갈을 방문한 이유에 대해서 이야기를 시작

했다. 둘이 친구이기는 하지만 아무런 이유 없이 방문하는 사이는 아니다. 둘은 엄연한 경쟁 관계이기 때문이다.

"자네도 알다시피 이번 피의 제전에는 비잔티움 외의 지역에서도 워리어스들이 참가한다네."

"매번 그래 왔으니까."

"우리가 이곳의 실세인데 타지 놈들에게까지 공평한 기회를 주는 건 좀 아니지 않나?"

"그야 그렇지."

막시무스는 이야기를 자신이 원하는 방향으로 이끌었다. 샤갈은 그의 의도대로 순순히 따라주었다.

"해서 대진표는 자네와 내가 적당한 선에서 짰으면 하네. 초장부터 우리끼리 맞붙는 건 서로에게 득이 될 게 없으니까."

막시무스가 샤갈을 방문한 본론이 나왔다. 바로 대진표. 막시무스는 최대한 유리한 대진표를 짜면서도 샤갈과의 승부는 마지막까지 미루고 싶었던 것이다.

"동의하네. 어차피 우리가 맞부딪쳐야 하지만 마지막 결승 무대가 좋지 않겠나?"

샤갈 역시 막시무스와 다르지 않았다. 비잔티움에서는 가장 강력한 워리어스를 보유한 막시무스와 초장부터 맞붙어봐야 이득을 보는 건 다른 가문이 아닌가.

피의 제전이 아니라 해도 같은 대회에 출전할 때에는 항상 이렇게 대진표를 미리 짜 서로 간의 충돌을 최소화해 온 것이다.

"그래서 우리는 마지막에 만날 수 있도록 대진표를 짜보세. 그 때문에 찾아왔네."

막시무스는 두 가문을 위해서도 바람직한 제안을 했다. 이번 한 번도 아니었고 그동안 자주 해온 일이기에 막시무스는 어느 정도의 초안을 작성해 왔다.

"나도 사실 그 문제로 자네와 상의를 하려 했는데 잘됐군. 콜로세움에서 살아남기 위해 대진표가 얼마나 중요한지는 우리 모두 아는 사실. 한번 머리를 맞대보세나."

샤갈 역시 막시무스와 생각과 동일했다. 대진표는 워리어스의 생존율과 승률에 상당한 영향을 끼치는 만큼 강한 적은 나중에 만나는 것이 유리하다.

이번 피의 제전은 토너먼트전과 서바이벌전이 포함되는 만큼 어떤 상대가 나오는지를 아는 것은 절대적으로 유리한 고지를 점할 수 있는 기회가 될 수 있다.

보통은 단판 시합이 아닌 토너먼트전이나 서바이벌전에는 같은 양성소의 워리어스를 집어넣지 않는다. 동료 간에 죽여야 하는 상황이 올 수도 있었기 때문이다.

간혹 최종 승리를 위해 버리는 패를 집어넣기는 하지만 그것은 어디까지나 예외였다.
"후후. 역시 자네와는 말이 통하는군."
"비록 경쟁하고는 있지만 우린 친구 아닌가? 하하하!"
샤갈과 막시무스는 기분 좋게 웃었다. 이번 피의 제전은 한결 수월하게 치를 수 있을 것이다.

WARRIORS

삼 개월 후.

비잔티움은 피의 제전을 앞두고 들썩이기 시작했다. 피의 제전은 일 년에 한 번 치러지는 대결로 이날만큼은 그 어느 때보다 붉은 피가 낭자하고 살점이 튀며 뼈가 부러지는 잔혹한 광경들이 더해진다.

일체의 자비도 없었고 오직 죽이고 또 죽이는, 그야말로 살육의 향연이 펼쳐지는 날이다.

비잔티움의 양성소들은 물론 다른 지역의 양성소에서도 참가했는데 어떤 대결보다 흥미진진했다.

피의 제전은 최강의 워리어스를 가리는 것으로 워리어스 중에서도 최상위에 우뚝 서게 된다.

워리어스들에게는 무한한 영광을 얻을 수 있는 명예로운 자리였고, 시민들은 눈앞에서 펼쳐지는 처절한 사투에 광란의 향연을 즐기게 된다.

간혹 그들의 마음을 얻어 킹 오브 워리어스라는 칭호를 얻는 영웅이 등장하는데 그는 명예로운 자유를 얻게 된다.

하지만 그건 어디까지나 시민들의 선택. 설령 최강의 자리에 오르더라도 킹 오브 워리어스의 칭호를 얻지 못할 수도 있다. 그것은 어디까지나 그날의 흥분이 얼마나 고조되었는지에 따라 결정된다.

시민들이 미쳐야만 얻을 수 있는 칭호. 보는 이들의 눈이 뒤집히고 심장이 터질 것 같은 흥분과 짜릿함을 안겨주는 대가인 것이다.

시민회관.

피의 제전을 앞두고 비잔티움에서 가장 잘나가는 양성소인 클라니우스 가문과 오로도스 가문이 한자리에 모였다. 피의 제전은 비잔티움에서 가장 중요한 행사로 시장이 직접 참관하고 대회를 주관한다.

십만 명의 시민을 수용할 수 있는 콜로세움의 경비와 안전

문제 역시 중요한 과제였다.

그날은 흥분을 이기지 못한 시민들 간의 충돌이 비일비재했고, 해마다 사상자가 끊이지 않은 탓이다.

이 때문에 시장 아르메니우스를 비롯해 경비대장 그란투스, 시 직속 질풍기사단장 카르시우스, 그리고 귀족원장 로베니우스도 한자리에 모여 논의를 했다.

"샤갈 가주, 이번에 무척 기대가 크네. 얼마 전에 제법 괜찮은 소환수를 얻었다고?"

시장 아르메니우스는 샤갈을 꽤나 신뢰했다. 시장은 시민들이 선출하는 것이고, 그 시민들의 마음을 움직이는 건 샤갈의 워리어스들이었기 때문이다.

콜로세움의 열기가 뜨거울수록 시장 아르메니우스의 권력도 더욱 공고해지는 것이다.

"신경 써주신 덕분입니다. 기대에 어긋나지 않도록 철저히 준비하겠습니다."

샤갈은 공손하게 인사했다.

"클라니우스 가문이야 언제든 믿을 수 있지. 지금껏 우릴 실망시킨 일이 없지 않은가?"

"믿어주셔서 감사합니다."

아르메니우스는 연거푸 클라니우스 가문에 대한 찬사를 아끼지 않았다. 그만큼 샤갈에 대한 신뢰가 큰 것이다.

"막시무스 가주도 이번에는 클라니우스 가문 못지않게 쟁쟁하다고 하던데?"

이번에는 막시무스에게 관심을 주었다. 샤갈만큼은 아니지만 아르메니우스에게는 막시무스 역시 중요한 존재였다. 워리어스의 대결을 혼자서 할 수는 없는 법.

클라니우스 가문의 상대로는 그래도 오로도스 가문만 한 곳이 없었다. 비잔티움에서도 두 가문은 영원한 라이벌 관계로 세간에 오르내리고 있었다.

"운 좋게도 쓸 만한 소환수를 얻게 되었습니다. 이번 제전은 아마 볼 만할 것입니다."

막시무스는 자신감을 피력했다. 세르게이라는 존재는 아르메니우스 시장 앞에서도 어깨에 힘을 줄 만큼 든든한 가치를 지니고 있었다.

"오로도스 가문 역시 우리 비잔티움에서는 둘도 없는 가문이니 기대하겠네."

"기대에 어긋나지 않도록 하겠습니다."

막시무스는 이번에야말로 클라니우스 가문을 뛰어넘어 모든 사람에게 인정받고자 하는 열망이 가득했다.

"참, 샤갈 가주, 이번에 특이한 자들을 얻었다던데, 제전에는 참가하는가? 이번 제전은 무리인가?"

아르메니우스는 샤갈이 얻은 세 명의 신참에 대해서도 상당한 관심을 표했다.

"아닙니다. 충분히 준비시켜 놓았습니다."

"호오, 시간이 촉박했을 텐데, 역시 클라니우스 가문이군."

아르메니우스는 흡족한 얼굴이었다. 개미굴에서 나온 지 고작 석 달 만에 피의 제전에 나서는 건 무리였지만 그걸 가능하게 만든 샤갈이 대견스러웠다.

"로비우스의 팔을 자른 자를 말함입니까?"

귀족원장 로베니우스도 알고 있는지 관심을 표했다. 샤갈의 계산대로 샤막과 로비우스의 스토리는 살에 살이 붙으며 시민들 사이에서 삽시간에 퍼진 것이다.

아직 워리어스조차 되지 않은 신참을 시장과 귀족원장이 언급했다는 것만으로도 샤갈은 투자한 본전을 뽑은 것이나 다름없었다.

"그렇습니다. 투견이면서도 소환수들처럼 개미굴에 버려져 기어올라 온 자입니다. 시민들 사이에서도 벌써 소문이 자자합니다."

아르메니우스는 다소 흥분했는지 샤막과 로비우스가 얽힌 사연을 이야기하며 들떴다.

"이번 제전은 꽤나 흥미롭겠군요."

로베니우스도 흥미를 가졌다. 아무래도 그냥 마구잡이로

싸우는 것보다는 이렇게 스토리가 있는 게 감성을 자극하며 관심을 이끄는 것이다.

"이를 말씀입니까? 게다가 시민들의 관심을 받는 자가 또 하나 있습니다."

"오라, 그 개미굴 노인 대신 살아남은 자로군요."

아르메니우스의 이야기에 로베니우스는 아는 체를 했다. 카시아스에 대해서는 알고 있는 듯했다.

"맞습니다. 개미굴 노인이 워낙 특이한 상황인지라 시민들의 관심이 지대했었는데 그 노인을 이기고 살아남은 자이니 나 역시도 기대가 크답니다."

아르메니우스는 카시아스에 대해서도 큰 관심을 보였다. 그건 개미굴 노인 덕분이었다.

몇 달 동안 끈질기게 살아남으면서도 가주들의 선택에서는 제외된 존재. 하지만 그 어떤 소환수도 넘어설 수 없었던 강력한 존재. 그러한 존재를 쓰러뜨린 워리어스라면 자연히 시민들의 관심이 몰릴 수밖에 없었다.

"샤갈 가주, 그자도 출전하나?"

"물론입니다. 최상의 컨디션을 유지하고 있습니다."

"나도 기대되는군."

로베니우스는 벌써부터 피의 제전이 머릿속에 그려졌다. 시민들의 열렬한 환호를 받으며 온갖 스토리가 난무했던 주인공들이 검을 맞대고 피를 튀기며 생사를 건 결투를 한다.

생각만 해도 짜릿했다.

"안전상의 문제는 없겠나?"

"제전 당일에는 일만의 경비대를 콜로세움 주변을 비롯해 곳곳에 배치할 예정입니다."

시장의 물음에 시 경비대장 그란투스는 자신있게 대답했다. 피의 제전의 경비를 위해 몇 달 전부터 예행연습과 실전을 방불케 하는 훈련을 거듭해 왔기 때문이다.

"이번에는 안전사고가 없어야 할 텐데."

"사상자가 나오지 않도록 각별히 유념하겠습니다."

시장은 지난해처럼 수십여 명의 사상자가 발생할까 걱정스러웠다. 피의 제전의 열기만 뜨겁게 달아오른다면야 그 정도의 숫자가 죽어도 나중에 문제될 소지는 크지 않지만 피의 제전이 싱겁게 끝나기라도 한다면 지난 일에 대해서까지 태클이 들어올 수 있다.

감정이 달아오른 사람들이야 적절히 맞춰주면 되지만 차가운 이성의 소유자를 만족시키는 것은 그 배로 어렵기 때문이다.

"요즘 레지스탕스 놈들의 활동이 곳곳에서 눈에 띄는데 이번 제전에도 뭔가 수작을 부리지 않을까 걱정이네."

이번에는 시 호위기사단인 질풍기사단장 카르시우스에게

물었다. 질풍기사단은 시장 직속의 기사단으로 비잔티움 시를 방어하는 가장 강력한 무력 단체다.

그들은 치안보다는 암살이나 테러 활동을 방어하고 불순조직을 색출해 궤멸시키는 역할을 주로 담당한다.

"그 점은 염려하지 마십시오. 질풍기사단이 콜로세움은 물론 콜로세움으로 향하는 길목까지 모두 경계할 생각입니다."

카르시우스는 자신있게 대답했다.

"질풍기사단이 동원된다면야 안심이지. 물론 단장은 우리와 함께 있겠지?"

"그렇습니다."

시장 아르메니우스는 안도했다. 질풍기사단이 직접 나서는 이상 두려울 것은 없었다. 그만큼 질풍기사단에 대한 신뢰는 컸다.

"그럼 되었네. 걱정할 것도 없구만. 이제 남은 건 샤갈 가주와 막시무스 가주가 얼마나 제대로 된 쇼를 보여주는가에 달렸군."

피의 제전에 대한 전반적인 준비들은 큰 문제가 없어 보였다. 이제 알맹이만 제대로 여물어준다면 더할 나위 없는 제전이 될 것이다.

"잊지 못할 제전이 될 것입니다."

"시민들의 마음을 사로잡겠습니다."

"좋아, 좋아. 기대하겠네."

아르메니우스는 만족한 얼굴로 고개를 끄덕였다. 이번 제전만 성공리에 끝마친다면 얼마 남지 않은 임기를 다시금 연장할 수 있게 될 것이다.

*　　*　　*

클라니우스 양성소.

"전원! 정렬!"

처처처척!

마스터 벨포스의 구령에 맞춰 워리어스 전원이 정렬했다.

"다들 알겠지만 이번 제전은 워리어스의 가장 큰 명예가 걸려 있다! 나는 너희 중에서 명예로운 칭호를 얻는 자가 나오기를 기대한다! 자신있나?"

"아우! 아우! 아우!"

벨포스의 힘찬 물음에 워리어스들은 우렁찬 기압으로 대신했다. 오늘은 피의 제전이 개최되는 날. 워리어스들의 가슴도 세차게 뛰고 있었다.

"사실 이번 제전에 신참들이 나가는 건 다소 무리로 보이겠지만 너희들이라면 충분히 이겨낼 것이다."

벨포스는 걱정스러운 마음을 뒤로하고 카시아스 일행에게 용기를 북돋아 주었다.

"승리하고 돌아오면 워리어스가 되는 겁니까?"

"그렇다. 워리어스는 콜로세움에 단 한 번이라도 섰던 자들을 위한 칭호. 지금은 신참이라 불리고 있지만 콜로세움에서 돌아온 후에는 동료가 되는 것이다."

벨포스의 대답에 카시아스와 샤막, 그리고 로베르토는 가슴속 깊은 곳에서 뭉클한 느낌을 받았다. 석 달 동안의 고생 끝에 그 결실을 보는 순간이 점차 다가오고 있었다.

"특별히 주의할 사항이 있습니까?"

"항상 긴장해라! 그리고 자비를 베풀지 마라! 한순간의 방심으로 네 심장이 멈출 수 있고 한순간의 자비로 네 목이 잘릴 수 있다! 지금은 처음인 만큼 살아 돌아오겠다는 일념을 잃지 마라!"

벨포스는 당부하고 또 당부했다. 신참들이 가장 많이 저지르는 실수였고 가장 많이 목숨을 잃는 이유였기 때문이다.

"명심하겠습니다."

"알겠습니다."

"알겠구만요."

카시아스 일행은 마음 깊이 다짐하고 또 다짐했다. 살아남기 위해서는 절대 잊지 말아야 할 철칙이었다.

"가주님께서 오실 것이다. 그대로 정렬해 있도록!"

벨포스는 가주 샤갈에게 보고하기 위해 갔다.

"가주님, 워리어스들이 정렬해 있습니다."

"드디어 때가 왔군. 가지."

샤갈은 결의에 찬 표정으로 일어났다. 과연 오늘 클라니우스 가문의 운명이 어떻게 바뀔지 설레었다.

"클라니우스의 워리어스들이여! 그대들은 오늘이 무슨 날인지 알고 있나?"

"알고 있습니다!"

샤갈의 물음에 워리어스들은 힘차게 대답했다.

"피의 제전! 어쩌면 킹 오브 워리어스가 나올지도 모르는 명예로운 자리가 기다리고 있다! 클라니우스의 워리어스들이여! 그 영광을 쟁취하겠는가?"

"아우! 아우! 아우!"

워리어스의 목소리에는 그 어느 때보다 힘이 잔뜩 들어갔다. 다른 대회도 아니고 피의 제전이 아닌가. 이는 워리어스들에게도 목표이자 희망이었다.

킹 오브 워리어스가 되는 것은 모든 워리어스의 로망이었기 때문이다.

"나는 그대들을 믿는다! 가서 이곳 클라니우스 가문의 명예를 드높이라!"

샤갈은 힘찬 목소리로 외쳤다.

"클라니우스 가문의 명예를 위하여!"

"아우! 아우! 아우!"

벨포스의 선창과 함께 워리어스들의 함성이 뒤를 이었다. 목소리에는 힘이 넘쳐 났다.

"벨포스! 콜로세움으로 간다!"

샤갈은 자신감 넘치는 목소리로 명령하고는 마차를 향했다.

"명을 받듭니다! 모두 마차에 오른다! 콜로세움으로 갈 것이다!"

"와아아아아!"

워리어스들은 준비된 마차에 오르기 시작했다. 드디어 붉은 피의 향연이 벌어질 콜로세움을 향해 가는 것이다. 이중에는 다시 못 돌아올 자들도 있겠지만 지금은 누구도 두려워하지 않았다.

"이거 가슴이 벌렁거려서 죽겠구마이. 웨째 이리 떨린다냐? 나만 그런 거여?"

로베르토는 가슴을 두드리며 안절부절못했다. 아무리 진정하려고 해도 숨이 가쁜 것이다.

"나도 왠지 떨림이 멈추질 않아. 그저 싸우러 가는 것뿐인데 왜 이렇게 떨리지? 싸움이라면 지겹도록 하며 살았는데. 카시아스, 너는 어때? 괜찮아?"

샤막도 다르지 않았다. 평소라면 로베르토에게 한마디 했겠지만 지금은 자신도 똑같았던 것이다.

기사가 되기 위해 얼마나 많은 수련을 하고 결투를 했던가.

그 외에도 싸움이라면 신물이 날 정도로 한 샤막이지만 오늘만큼은 떨림이 멈추질 않았다.

"나도 가슴이 두근거려. 아마도 느끼고 있는 거겠지. 지금껏 우리가 겪어왔던 싸움과는 다르다는 걸."

카시아스도 마찬가지였다. 군에 있던 시절 처음 운하일검 설하문을 만났을 때의 느낌과도 비슷했다. 설레임과 두려움. 지금껏 몰랐던 또 다른 세상이 있다는 걸 느끼게 된 것이다.

무엇보다 이곳은 단순히 강함을 가리는 게 아닌 목숨을 건 사투가 아닌가. 신참들은 모두 같은 증상을 겪고 있는 것이다. 콜로세움에 대하여 가지는 선망과 두려움이 공존하기에 기대감과 불안감이 함께했다.

이번 제전으로 많은 이의 운명이 갈릴 것이다. 자신들의 운명은 과연 어디에 있을지 긴장될 수밖에 없었다.

"과연 어떤 상대가 기다리고 있을지 걱정 반 기대 반이야."

"언 놈이든 다 죽여불랑께. 난 반드시 살아남을 것이여! 애나를 혼자 남겨두지 않을 거여."

로베르토는 살아남겠다는 의지가 강렬했다. 자신의 짝인 애나와 약속하지 않았던가.

"훗. 벌써 푹 빠졌냐?"

샤막은 피식 웃었다. 애나와 잠자리에 든 지도 거의 석 달이 지나지 않았는가. 단 이틀간 함께 잤지만 로베르토는 애나에게 완전히 마음을 준 것 같았다.

"나만 바라보고 사는데 워쩔거? 가끔 지나가다가 마주치면 나를 바라보는 눈빛이 아주 그냥 미치겠당께."

로베르토는 애나를 떠올리자 다시금 가슴이 두근거렸다. 하지만 조금 전까지 두근거리던 것과는 다른 느낌이다. 이번에는 가슴이 뭉클하면서 기분 좋은 떨림이었다.

"그래, 정 붙일 데가 있다는 게 좋은 거지."

샤막은 그런 로베르토의 모습이 싫지 않았다. 혼자서 모든 걸 짊어진다는 건 결국은 어느 곳도 갈 곳이 없다는 것이기 때문이다.

"넌 아닌 거여?"

"나라고 별수 있겠냐? 너희들 외에 날 걱정해 주는 사람은 리아가 유일한데."

샤막도 어느샌가 리아에게 마음을 준 것 같았다. 혼자서는 이곳에서 버티기 힘들었기 때문이다. 어차피 이제는 바깥세상과 영원히 작별을 고하지 않았던가.

더는 미련을 두고 싶지 않았다. 미련을 둘수록 괴로운 건 자신이었기 때문이다. 해결할 수 없는 고민은 자신을 갉아먹고 파멸시킬 뿐이다. 그럴 바에는 잊는 것이 현명했다.

"마찬가지구마이. 카시아스 넌 어떠?"

로베르토와 샤막은 과연 카시아스가 어떻게 나올지 지켜봤다. 목욕할 때부터 여자에게는 별 관심이 없어 보였기 때문이다.

"끝까지 책임질 생각이다."

카시아스는 무표정하게 말했다.

"크크크. 뭐여? 다 똑같잖여?"

카시아스는 아무렇지 않게 말했지만 이미 그 답 속에는 그의 마음이 담겨 있었다. 여기 셋 모두 마찬가지의 마음이었던 것이다.

"후후, 가주의 뜻대로 되어버렸군. 쳇."

카시아스도 결국 웃음 지었다. 처음 짝을 지워주는 의도를 알고는 얼마나 불쾌하고 모욕적이었던가. 하지만 이제는 티아라를 걱정하게 되고 이렇게 못 볼 때면 보고 싶은 마음도 들었다.

사람은 정을 붙일 수밖에 없는 존재인 모양이다. 그런 면에서 보면 샤갈은 정말 사람을 다루는 재주만큼은 뛰어나다고 볼 수 있었다.

"어찌 됐든 외롭지는 않잖아? 일단은 살아남는 데 집중하자. 뭘 해도 살아야 할 수 있는 거니까."

"그래, 꼭 살아남자!"

"다들 살아남는 거여!"

모두는 다시 한 번 이번 피의 제전에서 살아남고자 각오를 다졌다. 자신을 기다리고 있을 사람을 위해서라도.

* * *

뿌우우우우웅!

콜로세움에는 십만의 관중이 가득 찼고 자리가 없어 통로에 서 있는 시민들도 부지기수였다. 해마다 열리는 피의 제전은 그 어느 대회보다 열기가 뜨거웠고, 이번 제전도 예외는 아니었다.

시민들은 어떻게든 비집고 들어가기 위해 애를 썼지만 더 이상은 공간이 없었다.

"첫 경기는 오로도스 가문과 베른에서 온 펄스카인 가문의 워리어스가 치른다. 모두 감각을 최대한으로 끌어올리되 긴장은 풀도록. 그렇지 않으면 몸이 굳어 제대로 반응하기 어렵다. 특히 신참들은 최대한 마음을 가라앉히도록!"

벨포스는 경기가 진행되는 순서를 말해주었다. 다행히 첫 경기를 치르지 않게 되어 마음을 안정시킬 시간적 여유는 있었다.

"이상하게 진정이 안 됩니다."

언제나 남들보다 감정의 기복이 없고 침착했던 카시아스도 이 순간만큼은 샤막이나 로베르토와 다르지 않았다. 걷잡을 수 없는 떨림에 검까지도 떨고 있었다.

"그럴 것이다. 처음이기도 하지만 콜로세움의 기운에 압도당하는 것이지. 누구나 겪는 현상이다."

벨포스는 대수롭지 않게 받아들였다. 이는 카시아스의 잘못이 아니라 자연스러운 반응이었기 때문이다.

"첫 경기를 봐도 되겠습니까?"

"워리어스들은 보는 게 아무래도 좋겠지만 너희들은 안 보는 게 훨씬 좋을 텐데?"

카시아스의 물음에 벨포스는 부정적이었다.

"특별한 이유라도 있습니까?"

"자칫 상대의 강함에 압도될 수 있다. 첫 경기는 오로도스 가문의 챔피언 세르게이다. 킹 오브 워리어스의 영예를 노리는 자 중 한 명이지. 그리고 충분한 자격을 갖춘 인물이다."

벨포스는 첫 번째 경기를 치르는 인물에 대해 말해주었다.

오로도스 가문의 최강자 세르게이.

그의 압도적인 강함은 이미 널리 알려져 있었다. 이제 첫 출전인 신참들이 그런 대단한 자의 싸움을 보게 된다면 위축될 수밖에 없었다.

목숨을 건 싸움에서 가장 위험한 건 실력도 실력이지만 자신감을 잃는 것이다.

일단 두려움을 느끼기 시작하면 그때부터는 아무것도 할 수 없게 된다. 죽음에서 초연해야만 죽음을 뚫고 나올 수 있는 것이다. 벨포스는 그러한 점이 염려되었다.

"굉장히 강하겠군요."

벨포스의 이야기만 들어봐도 세르게이가 얼마나 대단할지는 감을 잡을 수 있었다.

"그렇다. 그를 이기지 못하면 오늘의 명예도 없는 것이다. 그래도 보겠나?"

벨포스도 세르게이의 강력함은 전적으로 인정했다. 결국 오늘 피의 제전은 세르게이와 싸움이 될 것이다. 그 결과에 따라 두 가문 중 한 곳으로 명예가 따를 것이다.

"보고 싶습니다. 어떤 기술을 사용하는지, 과연 어떤 자인지 알고 싶습니다."

카시아스는 세르게이의 강력함을 듣자 더욱 보고 싶은 욕망이 생겼다. 과연 얼마나 대단하길래 이 낯선 땅에 끌려와서도 이런 존중을 받는단 말인가.

그 대단한 인물을 눈에 새겨두고 싶었다.

"주눅 들지 않을 자신이 있다면 허락한다. 단, 보고 나서 바로 잊어야 한다."

"알겠습니다."

카시아스는 잔뜩 기대에 찼다. 그의 움직임 하나하나를 모두 눈에 새겨둘 것이다. 그리고 그의 길을 좇아 강해질 것이다. 카시아스는 예전의 승부욕에 넘치던 시절로 되돌아갔다.

강해지기 위해 모든 걸 버리지 않았던가. 운하일검 설하문을 만난 이후 장군직까지 버리고 삼 년간 산속에 틀어박혀 오직 수련만을 해왔다. 오직 자신의 검을 증명하기 위해서.

그때의 그 마음이 지금 다시금 불타오르고 있었다.

"난 그냥 안 볼래."

"나도 안 볼 것이여."

샤막과 로베르토는 벨포스의 충고대로 세르게이의 결투를 보지 않기로 했다. 그의 강함에 압도되지 않을 자신이 없었기 때문이다.

빠라라빠빠빰!

나팔 소리와 함께 워리어스 둘이 모습을 드러냈다. 피의 제전은 그렇게 막을 열었다.

안 보겠다던 로베르토와 샤막도 결국은 카시아스와 함께 세르게이의 대결을 지켜보고 있었다.

"저치가 오로도스 가문의 챔피언이여? 체구는 별로 크지도 않구마이. 해볼 만하겠는디?"

로베르토는 벨포스가 그렇게나 겁을 주었던 인물이 키도 작고 호리호리한 체구에 그야말로 겉으로는 별다른 인상을 주지 못하는 것에 실망했다.

"이런 싸움에서 체구가 승패를 결정하는 건 아니지. 아마 엄청난 실력일 거다."

카시아스는 눈에 보이는 체구보다는 과연 그의 검이 얼마나 대단할지에 기대를 걸었다.

"뒷모습밖에 안 보이니 답답한데? 하필 이쪽 방향이 뒤라니, 참."

샤막은 답답했는지 이리저리 얼굴을 틀어봤지만 보이는 것은 뒤통수뿐이다.

둥! 둥! 둥! 둥! 둥!

"내가 운이 좋구나! 첫 상대부터 비실비실한 놈을 만나다니! 소문이 너무 과했는걸! 단번에 끝내주마!"

붕붕붕붕붕!

세르게이와 마주 선 상대는 족히 두 배는 되어 보이는 거구에 엄청난 장사로 보였다. 세르게이의 머리통만 한 쇠가시가 박힌 철구슬을 무서운 속도로 돌리며 세르게이를 위협했다.

슈아아아앙!

철컥!

순간 세르게이의 신형이 한순간에 거한을 지나쳐 갔다. 마치 빛이 섬광처럼 뻗어가는 것 같았다. 검을 어느새 뽑았는지 다시 집어넣는 소리만이 들렸다.

저벅저벅.

세르게이는 돌아서서는 반대편으로 걸어갔다. 더 이상 싸울 의사가 없는 듯 보였다.

"뭐여? 싸우려다 말고 왜 검을 집어넣는 거여?"

로베르토는 지금의 상황을 전혀 이해하지 못했다. 왜 세르게이가 돌아서서 가버리는지 알 수가 없는 것이다.

"설마 일 검에?"

샤막도 미처 보지 못했다. 그저 일 검에 당한 것이 아닌가 하고 예상할 뿐이다.

"으음, 저 검술은……. 이곳에는 없는 검이 없구나. 과연 대단한 검이다."

카시아스는 눈에 익은 검에 다소 놀랐다. 하북팽가의 검이며 강호의 온갖 검술이 이 세상에 있음을 알고 있으니, 그 놀람은 빨리 사라졌어야 했다.

하지만 지금 보여준 검은 카시아스의 기억 속에서도 강렬한 인상이 남아 있는 검이었다.

"이전보다 더 빨라졌는데?"

"군더더기가 전혀 없어. 오늘은 고생 좀 하겠는걸."

세르게이의 대결을 지켜보던 테일러와 야콥의 표정은 좋지 않았다. 과거 세르게이의 검을 본 일이 있지만 그때보다 더욱 빠르고 강력해진 것이다.

털썩.

거한이 힘없이 무너져 내렸다. 그의 목에 가느다란 붉은 선이 생기더니 점차 짙어졌다.

"와아아아아!"

"세르게이! 세르게이! 세르게이!"

시민들은 열광하며 세르게이의 이름을 부르기 시작했다. 단 일 검으로 시민들의 마음을 사로잡은 것이다.

저벅저벅.

세르게이는 시민들을 향해 별다른 제스처도 하지 않은 채 자신이 나왔던 통로를 향해 걸어갔다. 이번에는 세르게이의 얼굴이 카시아스 일행에게도 확실하게 보였다.

"뭐여? 나이 꽤나 먹었는디?"

"저 나이에 저런 움직임이라니……."

로베르토와 샤막은 세르게이의 얼굴을 보자 큰 충격을 받았다. 대략 보기에 쉰 살은 되어 보였다. 체구도 작고 마른 것이 검만 손에서 떼어놓는다면 평범한 쉰 살의 아저씨 같은 인상이다.

어디로 보나 무시무시한 워리어스로는 보이지 않았다.

"허억! 저, 저 사람은……."

세르게이의 얼굴을 확인하고 놀란 사람은 샤막과 로베르토만이 아니었다. 카시아스는 헛바람을 삼키며 벌린 입을 다물지 못했다. 전혀 생각지도 못한 인물이 눈앞에 있었다.

"왜 그래? 아는 사람이야?"

"뭐여? 왜 그러는 거여?"

카시아스의 반응에 샤막과 로베르토도 영문을 몰라 했다. 카시아스가 어떤 일에 이렇게까지 격하게 반응을 보인 일은 처음이었기 때문이다. 과연 세르게이와 무슨 관계가 있는지 궁금하지 않을 수 없었다.

"설마 했는데… 역시 저 사람도……."

카시아스는 두근거리는 가슴을 멈출 수 없었다. 자신이 이곳에 오게 된 모든 원인을 제공한 사람.

장군직까지 버려가며 검을 수련하고 다시 대결하기 위해 찾았지만 이미 죽었다고 알려진 사람.

아쉬워하며 무덤을 만들어주었지만 하늘의 장난인지 낯선 세상으로 끌려온 이 모든 일의 중심에 서 있는 사람.

세르게이의 정체는 다름 아닌 운하일검 설하문이었다.

『워리어스』 제2권에 계속…

이제부터 전자책은 이젠북

www.ezenbook.co.kr

세상을 보는 또 하나의 창!
이젠북(ezenbook)!
지금 클릭하세요!

| 검색창에 이젠북 을 쳐보세요! ▼ | 🔍 |

김현석 현대 판타지 소설

전능의 팔찌

THE OMNIPOTENT BRACELET

「신화창조」의 작가 김현석이 그려내는
새로운 판타지 세상이 현대에 도래한다!

삼류대학 수학과 출신, 김현수
낙하산을 타고 국내 굴지의 대기업 천지건설(주)에 입사하다!

상사의 등쌀에 못 견뎌 떠난 산행에서, 대마법사 멀린과의 인연이 이어지고······

어떻게 잡은 직장인데 그만둘 수 있으랴!

전능의 팔찌가 현수를 승승장구의 길로 이끈다!

통쾌함과 즐거움을 버무린 색다른 재미!
지.구.유.일.의 마법사 김현수의 성공신화 창조기!

Book Publishing CHUNGEORAM

유행이 아닌 자유추구 -
WWW.chungeoram.com

CASTLE OF ANOTHER WORLD
이계 마왕성

강한이 장편 소설

『이계만화점』의 작가 **강한이**가 돌아왔다.
그가 전하는 신개념 마왕성의 이야기!

가족을 잃고 더부살이로 받던 설움을 떠나
서울로 상경해 우연히 얻은 셋방
그곳 지하실에서 채빈의 불행한 인생이 뒤엎어진다!

이계마왕성!

그곳에서 배워라, 지혜가 되리라!
그곳에서 얻어라, 내 것이 되리라!

마왕이 아니다. 마왕성을 이용하는 현대인일 뿐.

마왕성의 사나이, 그가 이제 날아오른다!

Book Publishing CHUNGEORAM

유행이 아닌 자유추구 -
WWW.chungeoram.com

2011년 새해 청어람이 자신있게 추천하는 신무협!

봉마곡에 갇힌 세 마두. 검마, 마의, 독마군.
몇십 년 동안 으르렁대며 살던 그들에게 눈 오는 아침, 하늘은 한 아이를 내려준다.

육아에는 무식한 세 마두에 의해
백호의 젖을 빨고 온갖 기를 주입당하면서 무럭무럭 성장한 마설천!

세 마두의 손에서 자라난 한 아이로 인해 이변이 일어나고,
파란이 생기고, 이윽고 강호에 새로운 바람이 불어온다!

마도를 뛰어넘어 천하를 호령할
마설천의 유쾌한 무림 소요기!

 유행이 아닌 자유추구 -
WWW.chungeoram.com

신풍기협 神風奇俠

FANTASTIC ORIENTAL HEROES

윤신현 新무협 판타지 소설

「수라검제」, 「태양전기」의 작가 윤신현
우직한 남자의 향기와 함께 돌아오다!

사부와 함께 떠났던 고향.
기다리는 친구들 곁으로 돌아온 강진혁은
사부의 유언을 지키기 위해 강호로 나선다.
반드시 돌아오겠다는 약속을 남기고.

"믿어라. 난 결코 허언을 하지 않는다."

무인으로 살 것인가, 무림인으로 살 것인가.
고민을 안고 나아가는 강진혁의 강호행!

**신의 바람이 불어와 무림에 닿을 때,
천하는 또 하나의 전설을 보게 되리라!**

Book Publishing CHUNGEORAM

WWW.chungeoram.com

기사도 chivalry

요람 판타지 장편 소설
FANTASY FRONTIER SPIRIT

**2012년, 『제국의 군인』의 요람,
그의 새로운 이야기가 시작된다!
같은 세계, 또 다른 이야기!**

몰락해 가는 체르니 왕국으로 바람이 분다.
전쟁과 약탈에 살아남은 네 남매는 스승을 만나고
인연은 그들을 끌어올려 초인의 길에 세운다.
그렇게 그들은 기사가 되었고
운명을 따라 흉성을 가진 루는 자신의 기사도를 세운다!

명왕기사(明王騎士) 루.

그가 세우는 기사도의 길에 악이란 없다!

Book Publishing CHUNGEORAM

유행이 아닌 자유추구 -
WWW.chungeoram.com

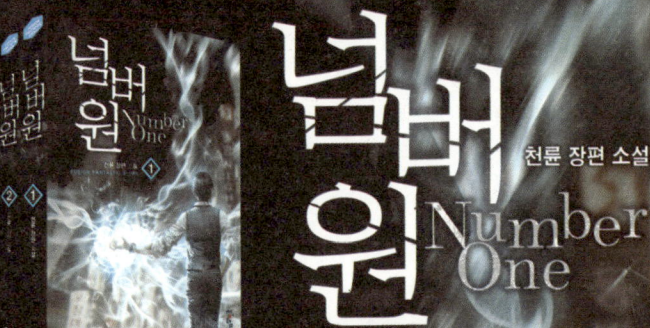

FUSION FANTASTIC STORY

넘버원 Number One

천륜 장편 소설

'슈퍼스타K', '위대한 탄생'은 가라.
진정한 신의 목소리를 가진 자가 나타났다!

동방 나이트클럽의 웨이터 유동현!
현실은 비천하나 꿈만은 원대하다!

"동방 나이트 웨이터 막둥이를 찾아주세요!"

그에게 찾아온 마법사 유그아너와의 인연이
잠자고 있던 재능을 일깨우고,
포기하고 있던 가수로서의 길을 연다.

시작은 기연이나 이루는 것은 노력일지니.
그대여, 이 위대한 가수의 탄생을 지켜보라!

Book Publishing CHUNGEORAM

유행이 아닌 자유추구 -
WWW.chungeoram.com

FUSION FANTASTIC STORY

백수, 재벌 되다

텀블러 장편 소설

현대물이라고 다 같은 현대물이 아니다!
전 세계적으로 활약하는 사내가 온다!

"초 거대기업 DY그룹의 회장이 내 아버지라고?!"

백수에서 초 거대기업의 후계자로,
답 없는 절망에서 희망으로!

"이제 아무것도 참지 않는다!"

세계를 뒤흔드는 한 남자의 신화를 보라!

Book Publishing CHUNGEORAM
www.chungeoram.com